大工と掏摸

質屋藤十郎隠御用　七

小杉健治

集英社文庫

目次

本文挿絵　横田美砂緒

大工と掏摸

質屋藤十郎隠御用　七

第一章　煤《すす》払《はら》いの夜

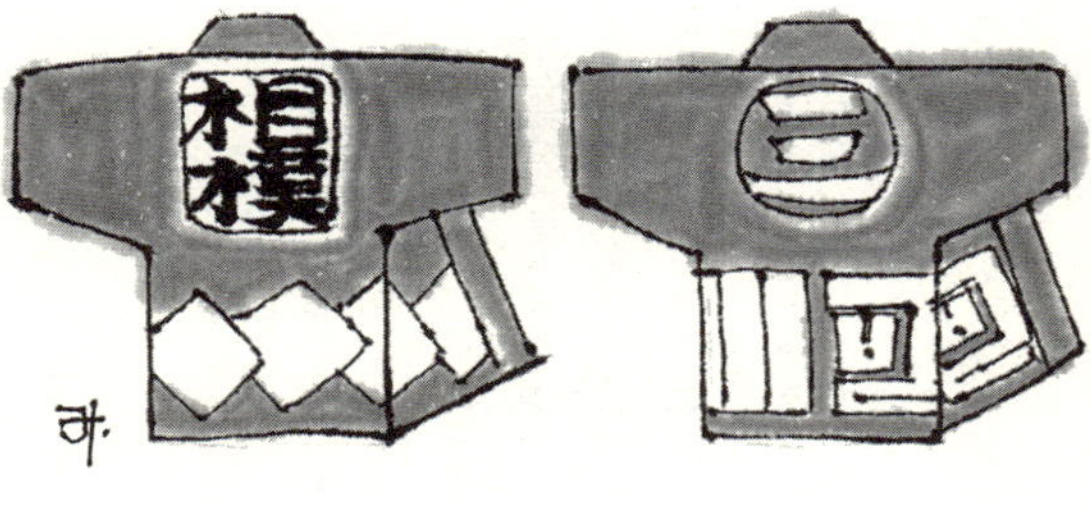

一

十二月十三日は煤払《すすはら》いである。もともとは将軍家大奥の大掃除がこの日に行なわれたことから武家だけでなく、商家もこの日に煤払いをするところが多くなった。

池《いけ》之《の》端仲町《はたなかちょう》にある木綿問屋の『三河屋《みかわや》』は夕七つ（午後四時）をまわってから始められた。最初に神棚や縁起棚の掃除を終え、徐々に主人の家族の部屋にとりかかった。

台所の釜や鍋、器なども女中たちが丁寧に拭き、棚や床を雑巾掛けする。鳶《とび》の連中は手際よく座敷の畳を上げて庭に持っていき、畳を叩《たた》いて埃を払う。別の者は煤竹で、天井や梁《はり》などの埃を払う。

店を閉めてからは店の掃除にかかる。奉公人や出入りの職人などが忙しく立ち働いていた。

主人忠右衛門《ちゅうえもん》夫婦の部屋の掃除を終えた大工の半吉《はんきち》のところに女中が呼びに来た。

「半吉さん」

「へい」

「今、外で半吉さんを呼んでくれと『相模屋《さがみや》』さんのお使いが来ていますよ」

「そうですかえ。すみません、わざわざ」

半吉は女中に礼を言い、外に出た。

二十八歳の半吉は『三河屋』に出入りを許されて二年になる。御数寄屋町《おすきやちょう》の親方のところに七歳で内弟子に入り、独り立ちをしたのは二十五歳のときだった。

商家の奉公人らしい男が待っていた。二十四、五ののっぺりした顔の男だ。

「半吉さんですね」

「へえ、半吉ですが」

「私は『相模屋』の手代《てだい》です。じつは、旦那が半吉はなぜ顔を出さないのかといらだっておりましてね」

「『相模屋』の旦那には六つ半（午後七時）過ぎになるとお話ししてあるのですが」

半吉は戸惑いぎみに言う。

「そうですか。いずれにしろ、早く顔を出していただけませんか。旦那はかなりご立腹の様子なので」

「わかりました。すぐ、お伺いします」

「そのほうがよいと思いますよ」

『相模屋』の手代は引き上げた。どうやら行き違いがあったらしい。

半吉は店に戻って、忠右衛門を探した。

「半吉さん、旦那を探しているんですかえ」

「はい。どちらに？」

「さあ、さっきまでいたんですが。旦那に何か」

「旦那の部屋の掃除は終わりました。じつは、急用が出来ましてちょっと中座したいのですが」

「そうですか。旦那にそう伝えておきます。酒肴の振舞いまでに、帰っていらっしゃいますか」

「そのつもりですが」

「わかりました。では、お待ちしています」

「すみません」

半吉は自分の荷物をとってきて、すぐ『三河屋』をあとにした。

大工の半吉が出入りを許されている大店《おおだな》は『三河屋』と『相模屋』である。神田須田《かんだすだ》町《ちょう》にある紙問屋の『相模屋』も、半吉の仕事振りを気に入ってくれて出入りを許してくれたのだ。

半吉は途中で風呂敷から『相模屋』の主人惣兵衛《そうべえ》からもらった印半纏《しるしばんてん》を取りだし、今まで着ていた『三河屋』の印半纏を脱いで着替えた。

『三河屋』の忠右衛門から自分のために誂《あつら》えられた印半纏をもらったとき、半吉は感動で胸が熱くなった。印半纏は一人前の職人として認められ、『三河屋』の出入りを許された証《あかし》でもあった。

『三河屋』に引き続き、『相模屋』の惣兵衛からも印半纏をもらった。職人にとって、なによりの栄誉だ。

だが、これに驕《おご》ることなく、この印半纏に恥じぬようにますます大工の腕を磨いていかねばならない。

そんな思いを胸に、須田町の『相模屋』に駆け込んだ。ここも煤払いの真っ最中で、奉公人や出入りの者が忙しく立ち働いていた。

店先にいた番頭に挨拶をし、惣兵衛のところに行く。

「旦那。半吉でございます」

「おう、半吉か。ごくろう。早かったな」

「えっ？」

「どうした？」

「あのこちらの手代さんが旦那がお呼びだと言ってきましたので、急いでやってきたのですが」

「わしが呼んだ？　いや、呼んでない」

「お呼びでないんで？」

半吉は思わずきき返した。

「おまえさんが来るのは六つ半過ぎだと聞いていたからね」

惣兵衛には最初に『三河屋』に行く旨を伝えてあった。

「そうなんですか」

では、あの手代の言葉はなんだったのだろうか。

「まあ、早く来てくれたのはうれしいよ。ともかく、頼みましたよ」

ひょっとして、惣兵衛は自分で早く来いと呼び出しておいて、目の前ではそんな素振りを見せない。惣兵衛にはそのようなところがあるので、今回もそうかもしれないと思った。本心では、半吉が『三河屋』のほうに重きを置いているのが面白くないのかもしれない。

訝《いぶか》しく思いながらも、今度は『相模屋』の掃除にかかった。

『三河屋』の忠右衛門は掃除が終わったあと、手伝いに来てくれた者に大広間で酒肴を振舞った。

出入りの大工、瓦職人、植木職人、そして鳶の者たちが騒いでいる。忠右衛門は出入りの職人たちがこっちが誂えてやった印半纏を着て駆けつけてくれたのを満足げに見ていたが、ふと大工の半吉の姿がないことに気づいた。

「番頭さん。半吉はどうしたね」

忠右衛門は番頭の格太郎《かくたろう》にきいた。

「はい。途中で急用が出来たと言って引き上げました。また戻ってくると言っていたのですが」

格太郎は四角い顔を傾《かし》げ、

「『相模屋』のほうがいいのでしょうか」

と、口元を歪《ゆが》めた。

そこに、伜《せがれ》の忠太郎《ちゅうたろう》が血相を変えて近づいてきた。

「おとっつぁん。いいですか」

「なんだ？」

忠右衛門は盃を置いて忠太郎の顔を見る。色白の丸顔で、二十二歳である。細面の忠右衛門とあまり似ていないのは母親似だからだろう。

「隠し棚に仕舞っていた五十両を知りませんか」

「五十両？　知らぬ」

「えっ、知りませんか」

「どうしたんだ？」

「ないんです。確かに、仕舞っておいた五十両がなくなっているんです」

「おいおい、よく考えるのだ。ほんとうに五十両が仕舞ってあったのか」

「はい。きょうの夕方、あるのは確かめました」

「誰かが掃除のときに……」

番頭が口をはさんだ。

「待て。向こうに行こう」

忠右衛門は立ち上がって奥の部屋に行った。

その部屋の床の間にある掛け軸をずらすと、小さな隙間がある。そこに、少額の金子《きんす》を仕舞っている。確かに何もなかった。

「この部屋を掃除したのは誰だ？」

忠右衛門はきいた。

「大工の半吉です」

番頭が答える。

「半吉……」

忠右衛門は眉根を寄せた。

「そういえば、半吉は少し様子がおかしかったようです。まさか、半吉が……。ここに戻ってくると言ったのに姿を見せないことが怪しくありませんか」

「滅多なことを言うものではありません」

忠右衛門は番頭をたしなめ、

「よいですか。このことを誰にも言ってはなりません」

「なぜですか」

忠太郎が問い返す。

「よいか。五十両なくなったことを皆が知ったらどうなる？　この中に盗んだ者がいると疑心暗鬼になったり、自分が疑られているのではないかと気にしたりして、お互いが気まずくなってしまう。それこそ、『三河屋』の恥だ」

「じゃあ、お役人にも？」

忠太郎がきく。

「あそこに金を置いていたこっちにも落ち度がある」

「五十両、泣き寝入りですか」

忠太郎が不満そうにきく。

「諸々《もろもろ》のことを考えたらそうするしかない。ただ、もし半吉がほんとうに盗んだのなら、『三河屋』の出入りを差し止める。こっそり、調べるのだ」

「私が調べます」

忠太郎が意気込んだ。

「いや、おまえでは冷静に考えられないだろう」

「手代の和助《わすけ》にやらせたらいかがでしょうか。和助は客あしらいもうまく、如才ないので、ちゃんと調べられると思いますが。第一、口が堅いですから」

「いいでしょう。番頭さんから命じてください。ただし、和助には五十両を盗ったという疑いは言わず、半吉に金のいる事情があったか、あるいは最近大金を手にしたような様子はないかなどを調べるのです。半吉のことを調べていると、くれぐれも他の奉公人に気づかれぬように」

「わかりました」

番頭は厳しい顔で頷《うなず》いた。

ほぼまん丸の月が辺りを明るく照らしている。

半吉は『相模屋』を出てから、また『三河屋』の印半纏に着替えて先を急いだ。

筋違橋《すじかいばし》を渡ったとき、前方から駆けてきた三十年配の目つきの鋭い男が前に立ちふさがった。鼻の先が尖って下に向いている、いわゆる鷲鼻《わしばな》だ。

「なんですか」

驚いて、半吉は立ち止まった。

「すまねえ。ちょっとこいつを預かってもらいてえ」

そう言い、男は無理やり巾着を押しつけた。少し重みがあった。

「数日経《た》ったらとりに行く。いいな。預けたぜ」

男はそのまま行き過ぎた。

「あっ、待ってくれ」

半吉は声をかけた。

だが、男はすでに筋違御門《すじかいごもん》をくぐっていた。

その直後、三人の武士が駆けてきた。

「今、誰かとすれ違わなかったか」

中のひとりが立ち止まって半吉にきいた。

「いえ、その」

とっさに返事に窮した。

「なんだ？　すれ違ったのか、すれ違わなかったのか」

「へえ、あっしの脇を駆け抜けていきました」

返事もせず、武士は橋を渡っていった。

半吉は巾着の中を月明かりで確かめた。やはり、小判だった。五十両だ。あわてて巾着の紐を結び、辺りを見回して懐にしまった。

気になって、半吉は引き返し筋違御門を抜けて、八辻ケ原《やつじがはら》を見る。すでに武士たちの姿は見えなかった。

半吉は再び、筋違橋を渡って池之端仲町に向かった。

金が気になってつい手が懐に行く。さっきの男は掏摸《すり》か。掏《す》ったあと、すぐ気づかれて逃げ出したのだろうか。

追いつかれることを考えて、たまたま行き合わせた半吉に金を預けた。数日経ったらとりに行くと言っていた。だが、名前も住まいもきかなかった。どこにとりに行くつもりだったのか。

まさか、あの男は俺を知っているのでは……。それより、俺が金を持ち逃げするっていう心配をしなかったのか。

池之端仲町にやってきて、『三河屋』の看板を見たとき、改めて懐の五十両が気になった。

この金を懐にしたまま『三河屋』に行けないと思った。振舞い酒に酔っぱらって正体を失くし、金を落としてしまったらたいへんだ。数日後に、掏摸の男が金をとりに来るのだ。

半吉は懐を押さえたまま、下谷長者町《したやちようじやまち》一丁目の長屋に帰った。

翌日の朝六つ半（午前七時）に、『三河屋』の手代和助は半吉の長屋にやってきた。職人たちが現場に出かけるところだった。

和助は半吉の住まいの前に立ち、

「ごめんください」

と声をかけて、腰高《こしだか》障子《しょうじ》を開けた。

「半吉さん。お邪魔します」

「これは『三河屋』さんの……」

「はい、手代の和助です。昨夜、半吉さんが戻ってこられなかったので、旦那がこれを持って行くようにと」

和助はそう言い、手拭いと強飯《こわめし》を差しだした。

「こいつはわざわざすまねえ。あとで旦那にお詫《わ》びに行こうと思っていたところなんで。つい、よぶんなことに巻き込まれて」

「よぶんなこと？」

和助はさりげなく部屋を見回す。布団の目隠しの枕屏風、行灯《あんどん》、火鉢。

「たいしたことじゃねえんで」

半吉はあわてて言う。

衣桁《えこう》に掛かった衣類の上に小さな神棚があった。その棚の上に、巾着のようなものが載っていた。金だと思った。

「半吉さん。きのう、『三河屋』を出るとき、何か持って行きませんでしたか」

和助は鋭くきいた。

「何かとは？」

半吉はとぼけた。

「いえ、何でもありません。では、私は」

和助は土間を出た。

長屋木戸を出てから、斜向《はす》かいにある惣菜屋《そうざいや》の脇に身を隠して、半吉が出かけるのを待った。

半吉が木戸を出てきたのは四半刻（三十分）後だった。

つとめの現場に向かうのだ。町を出たのを確かめ、和助は半吉の住まいに戻った。隣の女房が見ていたので、

「忘れ物をしてしまいました」

と声をかけて、戸を開けた。

素早く中に入り、神棚を見る。巾着はなかった。どこかに隠したのか。仕事先まで持っていくとは思えない。

ふと、火鉢の置いてある場所がさっきと変わっていることに気づいた。和助は部屋に上がり、火鉢を移動させる。

畳を上げた形跡がある。和助は畳を持ち上げてずらした。案の定、床板が外れるようになっていた。

床板を外し、床下を覗《のぞ》くと、瓶《かめ》があった。はいつくばって瓶に手を伸ばし、桐油紙に包んだ巾着を取りだした。

中を見て、和助は唸《うな》った。五十両ある。お店で盗まれたものだから、このまま持って帰ろうと思ったが、忠右衛門の言葉を思い出した。

肝要なことは、半吉が自ら返しにくることだ。忠右衛門はそう言った。やったことを悔いて自分から返しにくれば、まだ見込みはある。忠右衛門はそこに賭けようとしているのだ。

和助は金を元に戻した。床板と畳を直し、火鉢を移動させ、和助は半吉の住まいを飛び出した。

二

その日の夕方、藤十郎《とうじゆうろう》は巣鴨村《すがもむら》から浅草田原町《あさくさたわらまち》の『万屋《よろずや》』に戻ってきた。

土蔵造りの質屋の屋根に飾られた将棋の駒形をした看板には「志ちや」と書かれ、隅に万屋藤十郎とある。

もともと、ここは古着屋があった場所で、跡継ぎがなく廃業したあとに、藤十郎が質屋を開いたのだ。

藤十郎が店の土間に入ると、ひとりの武士が番頭の敏八《びんぱち》に頭を下げていた。敏八は救われたような顔を藤十郎に向けた。

「お帰りなさいまし」

武士も敏八につられたように、顔をこっちに向けた。二十七、八歳だ。

「ご主人か」

武士はすがるように言う。

「どうしても今日中に五十両いるのだ。これで……」

武士は刀を差しだした。

敏八は困惑している。

「十両でと、お話をさせていただいたのですが、どうしても五十両だと仰《おつしや》いまして」

敏八は困惑している。京橋にある大きな質屋に奉公していた男で、主人と折り合いが悪くてやめたのを、藤十郎が声をかけたのだ。

武士は色白の生真面目そうな顔立ちだ。

「どうか、ご主人が鑑定を」

武士は必死の形相で言う。

藤十郎は敏八の目利きを信用しており、敏八の十両の値踏みは妥当なはずだ。万が一、敏八の目が狂っていたとしても、十両の値踏みが五十両になることはない。

「五十両が必要なわけでもおありですか」

「…………」

「私が鑑定しても同じ結果だと思います。それより、武士の魂を質入れするには深い事情がおありでしょう。お聞かせくださいますか」

藤十郎は三十三歳。細面の眉尻がつり上がり、切れ長の目はいつも遠くを見通しているかのように鋭い光を放ち、高い鼻梁《びりよう》と真一文字に結んだ唇とも相俟《あいま》って、ひとを寄せつけない気高さがあった。

「昨夜、下谷御成道《おなりみち》で……」

言いかけて、武士はまたも口ごもった。

藤十郎は武士が続けるのを待った。

「お恥ずかしい話ですが、五十両を掏られました」

武士は口惜しげに言った。

「掏摸はどんな男ですか」

「三十ぐらいの細身の男でした。鷲鼻が印象に残っています。すぐに気づいて仲間とあとを追ったのですが……」

「五十両は何のために？」

「我が殿が茶器を購入した代金五十両を用人どのから預かり、支払いに行く途中でした。じつは支払いが延ばし延ばしになっていて、きのう私が支払いの役目を命じられて新黒《しんくろ》門町《もんちょう》の『京福堂《きょうふくどう》』という茶道具屋に向かうところに……」

武士は無念そうに唇を嚙《か》みしめた。

「それは災難でございました」

藤十郎は同情した。

「支払いを一日延ばしてもらいましたが、今日中に五十両持っていかなければ……」

武士は言いよどんでから、

「腹を切ってお詫びをしなければならないのです」

「質草《しちぐさ》をとってお金を貸し出すには身元と住まいをはっきりさせていただかねばなりません。大名家のご家臣とお見受けいたしますが」

「はい。私は庄内藩早瀬《しょうないはんはやせ》家の真木陽一郎《まきよういちろう》と申します」

庄内藩早瀬家は七万石の大名だ。

「五十両を作るためとはいえ、刀を手放したらどうなさるのですか」

「古道具屋で、安物の刀を買います」

「この先、五十両が出来ますか。刀を買い戻せますか」

「掏摸を探し、五十両を取り返します」

「掏摸の居場所は？」

「わかりません。でも、毎日、盛り場を歩き回って探し出します。掏摸を追ったとき、筋違橋のところで職人に出会いました。その職人の態度がなんだかおかしかったので、ほんとうは掏摸を見ていたんじゃないかと思うんです。その職人も探し出してもう一度きいてみるつもりです」

いつまでも掏摸が五十両をそのまま持っているとは思えない。真木陽一郎がうまく見つけ出したときにはすでに五十両を使い果たしているかもしれない。

「わかりました。五十両、お貸ししましょう」

「ほんとうですか」

「はい」

「助かりました。この通りです」

真木陽一郎は深々と頭を下げた。

「敏八、手続きを」

「わかりました」

敏八は、真木陽一郎に向かい、

「では、お刀を預からせていただきます」

と、声をかけた。

一瞬ためらいを見せたが、陽一郎は刀を敏八に渡した。

入質証文を作っている間、藤十郎は奥に行き、刀を一振り持ってきた。

「真木さま。どうぞ、これをお使いくださ い」

「えっ」

陽一郎は戸惑った。

「安物の刀を買うにしても、それなりのお金がかかります。どうぞ、これをお使いください」

「いいのですか」

陽一郎は信じられないようにきいた。

「どうぞ」

「なにからなにまで」

陽一郎は声を詰まらせる。

「で、真木さまは、おひとりで金を持って?」

「朋輩の水島三之助《さんのすけ》と高井哲之進《てつのしん》がついてきてくれました」

「では、三人で歩いていて掏摸に……」

「はい」

「そうですか」

藤十郎は何か引っ掛かった。

これが夜でも盛り場や料理屋の近くならわかるが、下谷御成道でなぜ掏摸を働いたのか。三人の武士のうちのひとりが金を持っていることがわかったのだろうか。

「私もお伺いした特徴の掏摸を探してみます」

藤十郎は言う。

「重ねがさね、痛み入ります」

質札を財布にしまい、陽一郎は何度も頭を下げて引き上げていった。

「旦那さま。あのお方に五十両は出来ましょうか」

敏八が心配げに問うてきた。

「難しかろう」

「では、損を承知で……」

「あの武士は実直なお方のようだ。もう少し、いい加減なところがあったらそんな心配はいらないが、あの方は、五十両出来なかったら腹を切るに違いない」

「腹を……」

敏八は唖然《あぜん》とした。

藤十郎は入谷田圃《いりやたんぼ》の外れに広大な敷地を持つ『大和屋《やまとや》』の三男である。

『大和屋』は札差《ふださし》からも相手にされなくなった旗本・御家人に金を貸し出し、救済する役目を担っている。

神君家康公は商人の台頭とともに、やがて武家が困窮していく事態を予想し、『大和屋』を作ったのだ。『大和屋』は幕臣である。町人を装っているが、れっきとした武門の家である。

その『大和屋』の資金源は浅草弾左衛門《あさくさだんざえもん》である。家康公は今日のことを予期し、浅草弾左衛門に汚れ仕事をさせる代わりに莫大な金が集まるような仕組みを作った。

その金で武士の救済をしてきたが、金を借りにくるのは直参だけではない。諸大名も『大和屋』の門をくぐる。

こうして『大和屋』は武士に対して大口の金貸しをしているが、庶民への救いの手をさしのべているのが質屋の『万屋』であった。

救済が目的なので、何でも質草にとり、金を貸すことにしている。つまり、商売で質屋をやっているわけではないのだ。

藤十郎が自分の部屋に戻ったとき、『大和屋』から使いがやってきた。

明日、昼前に来てくれということだった。用件はわかっている。おつゆのことだ。

おつゆは二十二歳。大和家の譜代《ふだい》の番頭の家柄に生まれたため、大和家に忠実に仕える定めを背負っている。

藤十郎とおつゆはわりない仲になっていたが、父藤右衛門と兄藤一郎はこれを許そうとはしなかった。藤十郎の縁組は『大和屋』にとって今後を左右する一大事なのだが、おつゆの縁組も『大和屋』にとって大きな意味があることだった。

とある譜代大名の次男がおつゆを気に入り、縁組を勧めている。今、幕閣の一部から、『大和屋』の存在そのものが不要だという意見が出ている。困窮する武士を助けても一時凌《しの》ぎに過ぎない。救済することでかえって武士の矜持《きょうじ》を失わせ、武士道の衰退に拍車をかけていると考える者がいるのだ。その急先鋒《きゅうせんぽう》の大名と親しいのがおつゆの相手の大名家だという。

幕閣の一部から出ている『大和屋』不要論を封殺するためにも、この縁組が必要なのだ。

そこで、あろうことか、藤十郎におつゆの説得を命じたのだ。

「そなたたちが思いを抱き続けても、添われぬまま無為な歳月を費やしていくだけだ。望まれるところに嫁いでいくことが、長い目で見れば、おつゆにとっても仕合わせではないか。藤十郎、そなたからおつゆに因果を含めよ。縁組を受け入れるように説き伏せるのだ」

兄は藤十郎に残酷な命令を下した。

このことに反発して、おつゆは姿を晦《くら》ました……。

翌日の昼前、藤十郎は『大和屋』の門をくぐった。

奥座敷には、『大和屋』の当主である父藤右衛門と兄の藤一郎が厳しい顔で待っていた。

藤右衛門は六十を過ぎてもまだ矍鑠《かくしやく》としている。皺だらけの顔に鋭い眼光、長く白い顎鬚《あごひげ》、怪異な容貌である。

「お呼びにございますか」

藤十郎が低頭する。

「用件はわかっておろう」

藤一郎が鋭い声を出した。四十歳で、藤十郎を冷酷にしたような顔立ちである。

「はっ」

「どうなのだ？　まだ、おつゆの行方はわからぬのか」

「はい。申し訳ございません」

「藤十郎。そなたがどこぞに隠しているのではあるまいな」

藤一郎は疑り深そうにきく。

「滅相もない。私もいろいろ伝《つて》をたぐって探しておりますが、いまだに手掛かりは摑《つか》めません」

藤右衛門は黙ったまま冷たい目を藤十郎に向けている。心の内を見抜くような鋭い眼光だ。この年でありながら、藤右衛門の気力は少しも衰えを知らない。

藤右衛門に代わって、またも藤一郎が口を開く。

「藤十郎、『大和屋』の危機が迫っている。それを、おつゆが救ってくれるかもしれぬのだ」


藤一郎は藤十郎を責めるように迫る。

藤一郎はおつゆを藤十郎がどこかに隠したことを知っている。だが、そのことに触れようとしない。

突然、おつゆが藤十郎の前からも消えた。そのおつゆが北町奉行所与力戸坂甚兵衛《とさかじんべえ》の屋敷にいると教えてくれたのは藤一郎だった。

その理由を、藤一郎はこう言った。

「父上に知られたら、おつゆは力ずくで連れ戻される。それでは、おつゆが不憫《ふびん》だ。その前に、おつゆに会い、説き伏せよ。そなたの言うことなら聞くだろう」

その言葉に従い、藤十郎は戸坂甚兵衛の屋敷におつゆを迎えに行き、浅草山之宿町《やまのしゆくまち》の大川べりにある料理屋『川藤《かわふじ》』の亭主吉蔵の手を借り、おつゆを、かつて『川藤』にいた女中おときの嫁ぎ先である巣鴨村の庄屋の屋敷に送り届けた。

今、おつゆはそこに身をひそめている。今朝も巣鴨村の庄屋の屋敷に行き、おつゆと会ってきたところだ。

藤十郎がおつゆを匿《かくま》っていることを知っているはずなのに、藤一郎はそのことに触れようとしない。

そう思ったとき、まさかと、思わず藤十郎は呟《つぶや》きそうになった。

兄はどうして、おつゆが戸坂甚兵衛の屋敷にいることを知ったのだろうか。

甚兵衛の屋敷におつゆを迎えに行ったとき、藤十郎は甚兵衛に、どういう縁でおつゆが厄介になるようになったのかをきいた。

「どうか、そのことは御容赦願いたい。『大和屋』さんに隠し通したいなら、藤十郎どのは知らないほうが。ただ、おつゆさんの身を心から案じているひとから頼まれただけ」

甚兵衛はそう答えた。

おつゆにきいてみたが、おつゆもはっきりとしたことは答えなかった。

「藤十郎、年内におつゆが見つからねば、おつゆの縁組は消滅しよう。『大和屋』を守るべき手立てを失うことになる。このことをよく考えよ」

藤一郎は強く言ったあとで、

「何か」

と、藤右衛門に声をかけた。

「よい」

藤右衛門は一言口にしただけだ。

「では、藤十郎。下がってよい」

藤一郎が言った。

「はっ」

頭を下げ座敷を出た藤十郎は、廊下の途中でしばらく待った。だが、兄藤一郎は追いかけてこなかった。

兄は何を考えているのかと、藤十郎は藤一郎の胸の内に思いを馳《は》せたが、はっきりした答えは出せなかった。


藤十郎が入谷から田原町に戻る途中、岡っ引きの吾平《ごへい》と東本願寺《ひがしほんがんじ》の門前で会った。

吾平は三十半ば過ぎ。色白ののっぺりした顔で、唇が薄く、舌が赤くて長い。話しながら、何度も舌なめずりをする。それで、蛇のようで不気味だと、世間から蛇蝎《だかつ》のごとく嫌われていた男だ。

『万屋』にも疑いの目を向けて、一時は藤十郎の動きを執拗《しつよう》に見張ったりしていたが、今では藤十郎に心酔したように接してくる。そうなってからは、世間から悪い噂《うわさ》は聞かない。

「吾平親分」

「これは藤十郎さま」

「ちょうどよいところに。じつはちょっとおききしたいことがありまして」

「なんですね」

「三十ぐらいの細身で、鷲鼻の男の掏摸を知りませんか」

「丹次《たんじ》じゃありませんかえ」

吾平の手下がすぐ口にした。

「確かに丹次のようだが……」

吾平は首を傾げた。

「親分、何か」

「へえ。丹次は最近、ほとんど仕事はしていなかったはずなんです。ひと知れず、足を洗ったのかと思っていたんですが」

「そうですか。ともかく会ってみたいのです。どこに住んでいるか、わかりますか」

「いえ。でも、調べればわかりますぜ」

「すみません。調べていただけますか」

「お安い御用ですが、何か盗《と》られたんですかえ」

「じつはあるお侍さんが、御成道で丹次らしい特徴の男とぶつかったあとに五十両がなくなっていたそうなんです」

「そうですかえ。掏摸が厄介なのはその現場を見届けないと捕まえることが出来ません。今までも、丹次が掏摸だとわかっていながら、掏りとったところを見ていないので手が出せません」

「そうですか。ともかく、住まいがわかれば助かります」

「掏摸仲間にきけばわかります。わかったら、お知らせにあがります」

「よろしくお願いいたします」


『万屋』に帰ってきたとき、如月源太郎《きさらぎげんたろう》が裏口から出てくるところだった。用心棒代わりに離れに住まわせている浪人だ。

昼間から酒を呑《の》んでいるような男だが、それが源太郎の真の姿ではないと、藤十郎は思っている。事情があって、源太郎は主家を飛び出し、浪人となったそうだが、何があったかは知らない。

「お出かけですか」

藤十郎はきく。

「毎日、退屈でならぬ。質屋なら、押込みやら強請《ゆすり》などの輩《やから》が押しかけ、退屈凌ぎになると思っていたが、まったくそういうことはない」

源太郎は顔をしかめ、

「毎日、昼間から酒を呑んでいる暮らしをしながら用心棒代をもらっているというのは、何かと心苦しいものだ」

「如月さまがいてくださるから悪い奴《やつ》が近づかないのですよ。そう考えたら、安いものです」

「どうかな」

源太郎は口元を歪め、

「藤十郎どのひとりいれば、押込みなど追い払える。俺など、必要ない」

「そんなことはございません。如月さまがいてくださるから、私は安心して動き回れるのですから」

「そういうことにしておこう」

言いながら、源太郎は浅草寺のほうに歩いていった。

奥山《おくやま》で、退屈凌ぎをしてくるのか。

藤十郎が『万屋』の土間に入ると、敏八がすぐ帳場格子の向こうから、

「きのうの真木陽一郎さまは確かに庄内藩早瀬家の家臣でございました」

「調べたのか」

「はい。念のためです」

敏八が胸を張って答えた。

藤十郎は頼もしげに目をやり、奥の部屋に向かった。

三

出先の仕事を少し早めに切り上げ、半吉は池之端仲町にある『三河屋』にやってきた。

家人用の戸口から土間に入って、訪問を告げた。

出てきた顔なじみの女中に、

「旦那にお会いしたいんです。いらっしゃいますか」

「少々お待ちを。都合をきいてきます」

女中は奥に引っ込んだ。

半吉はばつが悪かった。きのう途中で抜け出した上、また戻るといいながら来られなかったのだ。

忠右衛門は出入りの職人に印半纏をこしらえてやっている。そして、きのうの煤払いのように、『三河屋』の印半纏を着た出入りの職人たちが酒席に勢揃《せいぞろ》いをしているのを見るのが楽しみだと聞いている。

その印半纏の揃う中で、半吉だけが欠けてしまったのだ。

きっと叱られるだろうと覚悟をしていた。

足音がして、女中が戻ってきた。

「どうぞ」

場合によっては追い返されるのではないかという不安もあったので、半吉は安心して店に上がった。

座敷に通された。待つほどのこともなく、忠右衛門がやってきた。

目の前に座った忠右衛門はすぐに口を開こうとしなかった。やはり、怒っているのかと、半吉は平伏して、

「旦那、昨夜は申し訳ありませんでした」

と、謝った。

「謝るのですか」

「へい。言い訳のしようがございません」

「しかし、おまえさんがあんな真似をするからにはよほどの事情があったのではないか。その事情を聞かせていただきましょう」

振舞い酒の席にいなかっただけなのに、話が大仰だと思ったが、半吉は素直に口を開いた。

「じつは『相模屋』さんに呼ばれていて、すぐ来てくれという知らせを受けてこちらを中座し、『相模屋』さんに行きました。少しお手伝いをし、こちらに戻ったのですが、

その途中……」

「待ちなさい」

忠右衛門が手を上げて制した。

「おまえさんの話は、振舞い酒の席に来なかったことの言い訳のようだが？」

「へえ。こちらに戻る途中で」

「半吉さん。もっと大事な話があるんじゃないか」

忠右衛門が恐ろしい形相になった。

「大事な話？」

半吉はきょとんとなった。忠右衛門の言うことがよくわからない。

「まず、ここに差しだすものがあるはず」

「旦那。いったい、何のことか」

「半吉さん。出直してもらいましょう。一日よく考えて、明日また改めて来なさい」

忠右衛門は立ち上がった。

「旦那」

半吉は呆気にとられた。

「よいか。明日まで待つ。正直に名乗り出るのだ」

そう言い捨て、忠右衛門は部屋を出て行ってしまった。忠右衛門がなぜあんなに激昂しているのか半吉はよくわからなかった。

悄然《しょうぜん》と座敷を出て、戸口に向かう。廊下の途中に内儀《おかみ》が立っていた。

「半吉さん、何があったのですか」

「内儀さん」

半吉は泣きそうな声で、

「あっしには旦那が何を怒っていなさるのか、よくわからないんです」

と、訴える。

「そう。じゃあ、あとで私が旦那にきいておきます。でも、半吉さん。何か大事なことを忘れてしまっていることはないかえ」

「いえ、そんなものはありません」

「ずっと以前に煤払いの日までにこれをやるとか、約束したことはないのかえ」

「いえ」

「でも、よく考えてごらん。旦那があれほど怒っているんだよ。きっと何か約束したはずさ。それがわかったら、私にお言い。私もいっしょに旦那に話してあげるから」

「内儀さん。よろしくお願いいたします」

そう答えたものの、半吉には思い当たることは何もなかった。

半吉は下谷長者町一丁目の長屋に帰ってきた。

道々、繰り返し考えてみたが、忠右衛門と何かを約束した覚えはなかった。御数寄屋町の親方が二年前に突然の病で亡くなったあと、忠右衛門は親方の跡を継いだ伜の大治《だいじ》郎《ろう》だけでなく、半吉の出入りも許してくれた。

それまでも、親方といっしょに『三河屋』の建具《たてぐ》の修繕をしていたが、忠右衛門はその頃から半吉の仕事振りを買ってくれていた。

半吉に出入りを許すとき、忠右衛門はわざわざ親方の跡を継いだ大治郎にも事情を話し、了解をとりつけてくれた。

独り立ちして三年になる。そろそろ弟子をとり、親方としてやっていったらどうだと勧めてくれたのも忠右衛門だった。

忠右衛門は大治郎よりも半吉の腕のほうを買ってくれている。忠右衛門はいわば、恩人でもある。

そんな忠右衛門からの頼まれごとであれば、忘れるようなことはない。なにはさておき、その約束を果たすはずだ。

あるいは酒席で、冗談半分に聞いたことを、忠右衛門のほうは約束したものと思っていたのか。そうとも考えてみたが、まったく思い当たることはなかった。

半吉は自分の部屋に帰り、行灯に灯をいれ、火鉢に火をおこす。そのとき、思いだして畳をずらし、床下の瓶に手を突っ込んだ。五十両がそのまま入っていた。男は数日経ったらとりに行くと言い残した。おそらく、あの男は掏摸だろう。あとから追いかけてきた武士の懐から五十両を盗んだのだ。逃げる途中、自分に預けたというわけか。いい迷惑だ。

役人に訴えてやろうと思ったが、真相がわからないうちに勝手な真似は出来なかった。掏摸だと思っていても、ほんとうのところはわからない。追いかけてきた武士が逃げてきた男から金を奪おうとして襲ったのかもしれない。

ともかく、厄介なことに巻き込まれたと、五十両を瓶に戻し、畳を元通りにした。

それより、何が忠右衛門を怒らせたのか、そのことを改めて考えてみた。

だが、思い当たることは何もなかった。

翌朝、半吉は『三河屋』に赴いた。

再び、座敷で忠右衛門と差向かいになった。

「旦那。すみません、どうしても旦那の仰っていることがよくわかりません。はっきり仰っていただければ……」

「まだ、とぼけるのか」

忠右衛門が呆《あき》れ返ったように言う。

「とぼけるだなんて」

「よいか。おまえのためを思って、こっちから言い出さないのだ。おまえが自らほんとうのことを言えば、まだ立ち直る見込みがあると思うからだ」

「立ち直る？　いったい、何の話なんでしょう？」

ますます不可解だ。

「一昨日、ここに戻ってこなかったのは懐に五十両入っていたからではないのか」

「えっ、どうしてそのことを」

なぜ、忠右衛門が五十両のことを知っているのか。半吉は唖然とした。

「どうなんだ？」

「へえ、そのとおりで」

「やっぱりな」

忠右衛門は厳しい目を向け、

「五十両、何に使うつもりだったのだ？」

「えっ？」

「五十両、どうしても入り用なわけがあったのか」

「旦那、仰っている意味がわかりません」

「この期《ご》に及んで、まだそんなことを言っているのか。見損なったぞ、半吉」

「旦那」

「私はおまえを見込んで『三河屋』の印半纏を誂えたのだ。いずれ、江戸で一番と言われる大工になるだろう。江戸一番の大工が『三河屋』の印半纏を着てくれている。そんな夢を見ていたんだ」

「旦那のお心はしっかと……」

「もういい。帰れ」

忠右衛門は立ち上がった。

「旦那、あっしにはほんとうになんのことかわかりません」

「もういい」

忠右衛門は怒って部屋を出ていった。半吉はあわてて追いかけた。

「旦那」

廊下に出て、呼びかける。

「半吉さん」

内儀が顔を出した。

「内儀さん、お願いします。旦那におとりなしを。何か誤解をなさって……」

「半吉さん。おまえさんの部屋の床下に五十両隠してあるというのはほんとうなのかえ」

「えっ、どうしてそれを」

「ほんとうなんだね」

「あれは預かって……」

「半吉さん、そこまで言えばわかるだろう。旦那の許しを得たいならそのお金を持って謝りにくるしかないよ」

「………」

「なんだね、その顔は？」

「内儀さん」

「早くお帰り」

「誤解だ。内儀さん、何か誤解なさっています」

そこに番頭の格太郎がやってきた。

「半吉さん。帰ってください」

「待ってくれ。旦那も内儀さんも誤解を……」

「さあ、いいから」

番頭は手代の和助を呼び、ふたりで半吉を外に連れ出した。

「番頭さん。いってえ何があったんですかえ。あっしにはさっぱりわからねえ」

半吉は食い下がる。

「まだ、しらを切るのか」

番頭は冷たく言い、

「旦那の温情でお役人に訴えなかったんだ。おめえが過ちに気づいて金を返しにくれば許してやろうとも仰ってな。それを、おめえは……」

と、蔑むような目をくれた。

「番頭さん、待ってくれ」

半吉は夢中で訴える。

「ほんとうに何のことかわからねえんで」

「半吉さん」

和助が半吉を呼んだ。

「床下の五十両、どうしたんですね」

「床下？　じゃあ、和助さんが床下を……」

「悪いと思いましたが、家捜《やさが》しをさせていただきました。確たる証がないのに疑うのはいけないと旦那が仰ったので。でも、やはり五十両隠してあった。もういくらあがいても無駄ですよ」

「待ってくれ。あの金は見知らぬひとから預かったんだ」

「半吉さん。へたな言い訳はいけない、誰が五十両もの大金を見知らぬおまえさんに預けるものですか。煤払いで旦那の部屋に入ったおまえさんは床の間の掛け軸の裏に五十両あるのを見て、魔が差したのではないですか」

「そんな」

半吉は愕然《がくぜん》とした。

「旦那も内儀さんもおまえさんを買っていなさるんだ。きっと出来心だからお金を返しにきたら何もなかったことにしてやろうと、仰っていたんだ。それなのに、おまえはしらを切り通して」

番頭は詰め寄るように、

「今日中に、五十両を返し旦那に謝るのです。そうすれば、きっと旦那は許してくださる。このことを知っているのは旦那に内儀さん、それに若旦那に番頭の私とこの和助だけです。素直に謝ればよし、さもなければ、おまえさんは『三河屋』の出入りも差し止めになる」

そう言い、番頭と和助は引き上げていった。

半吉は呆然《ぼうぜん》と立ちすくんでいた。地べたが揺れたように感じて、あわてて足を踏ん張った。

違う、誤解だ。半吉は叫びそうになった。通り掛かった人が薄気味悪そうに見て行きすぎていった。

体の不調だと仕事先に告げ、半吉は長屋に帰った。

木戸を入ったとき、大家のおかみさんに会った。

「あら、どうかしたのかい」

おかみさんがきいた。

「へえ、ちょっと具合が悪いので仕事を休んで……。いえ、たいしたことはないんです。少し寝ていればよくなると思います」

「そう、お大事になさいね」

「へえ、ありがとうございます」

半吉は自分の家の戸を開けた。

上がって腰を下ろす。体がほんとうにだるかった。

何かとんでもないことに巻き込まれてしまった。まさか、『三河屋』の旦那の部屋から五十両を盗んだことにされていたとは……。

旦那の部屋を掃除したが、床の間の掛け軸ははたきがけしただけで、掛け軸には触れてもいない。

旦那の温情で役人には訴えないと言われたが、そもそも半吉は金など盗んでいないのだ。だが、盗んだことにされている。

いくら、自分ではないと言っても、信じてもらえそうもない。忠右衛門も内儀も番頭も皆、半吉を疑っている。

筋違橋ですれ違った男から五十両を預かったことが致命的だった。このような偶然が重なったのは、運が悪かったではすまされなかった。

半吉ひとりで濡《ぬ》れ衣《ぎぬ》を晴らすことは出来ない。また、晴れるまでかなりの時がかかろう。このままでは、半吉は『三河屋』の出入りを止められる。

だったら、預かった五十両を『三河屋』に持参し、罪を認めて許しを得たほうが、『三河屋』に出入りは続けられる。

そして、その間にほんとうの盗っ人を探り出し、自分の無実を明かす。そう考えたが、自分ひとりでほんとうの盗っ人を探り出せるとも思えない。

旦那の部屋の掃除を終えたとき、女中が「外で半吉さんを呼んでくれと『相模屋』さんの使いが来ていますよ」と知らせに来たのだ。

それで店の外に出た。その後に、何者かが部屋に入って掛け軸の裏から金を奪ったのだ。それが誰かを見つけ出すことは、難しそうだ。

それに罪を認めれば、生涯そのことがついてまわるかもしれない。知っている人間が今は数人しかいなくとも、いずれ話は漏れていく。

罪を認めたら、取り返しのつかないことになりそうだった。

しかし、謝罪にいかなければ『三河屋』の出入りは差し止めになる。そして、五十両を盗んだ者として、半吉は後ろ指を指されながら生きていかねばならない。

どっちにしても、五十両を盗んだという汚名はついてまわる。いや、このまま罪を認めないほうがかえって悲惨な状況に追いやられそうだ。

半吉は床下から五十両を取りだした。

手にとって眺める。この五十両が致命的だった。もし、この金を預からなければ、疑いのままで済んだかもしれない。しかし、それでも半吉は針の筵《むしろ》の上で生きていかねばならない。

やはり、不本意でもこの金を持って謝罪に行くべきか。盗んでもいないのに盗んだことにされる屈辱を受けながら、『三河屋』出入りの職人の座を守り通すほうが得策かもしれない。そう思う一方で、罪を認めれば盗っ人の烙印《らくいん》は一生ついてまわる。

堂々巡りだった。どっちに転んでも、苦境に追いやられることは間違いなかった。

どうすべきか、半吉は迷った。こういうときに、相談出来るひとはいなかった。親方が生きていてくれたら……。

そのとき、腰高障子が開いた。半吉はあわてて金を懐に入れた。

「半吉、いるか」

「あっ、大家さん」

大家の万太郎が土間に入ってきた。

「具合が悪いらしいと聞いたが、どうなんだ？」

「へえ、じつは」

大家に打ち明けようとしたが、はたと思いとどまった。

大家に『三河屋』に行って弁明してもらっても、忠右衛門の心が動くとは考えられない。大家はただ半吉の言い分をそのまま伝えにきただけだと思うだろう。大家を駆り出したことで、さらに半吉の印象は悪くなるに違いない。

へたをしたら、半吉が盗みを働いたと長屋中に知れ渡ってしまうかもしれない。

「今朝起きたときから、体がなんとなくだるくて……」

半吉は当たり障りのない言い訳でごまかした。

「そうだってな。風邪でも引いたか」

「へえ、一晩眠ればすぐよくなります」

「飯はどうだ？　なんなら、夕餉《ゆうげ》のぶんを持ってこさせるが」

「とんでもない。飯ぐらい、だいじょうぶです」

「そうか。何かあったら、遠慮せず言え」

「へえ、ありがとうございます」

大家は引き上げていった。

半吉は懐から金を取りだした。この金を持って『三河屋』に行くか、あくまでも知らないものは知らないと訴え続けるか。

しかし、あのときの男は、数日のうちにとりに来ると言っていた。そのとき、この金がなかったら……。

半吉は胸を掻《か》きむしるしかなかった。

四

翌日の朝、岡っ引きの吾平が『万屋』にやってきた。

「藤十郎さま。丹次の住まいはわかりました」

「さすがに早いですね」

藤十郎は感心して言う。

「恐れ入ります。高砂町《たかさごちょう》の『酔《よい》どれ長屋』、浜町堀《はまちょうぼり》の近くです」

「『酔どれ長屋』?」

「今はそうでもないようですが、以前は長屋の住人全員が大酒呑みで、毎晩誰かが酔って管《くだ》を巻いていたそうです」

「それで、酔どれ長屋ですか」

「今はそんな酔っぱらいはいないようですが。どうしますかえ。ご案内しましょうか」

「そうですね。お願い出来ますか」

丹次は五十両をまだ持っているかもしれない。場合によっては、吾平に家捜しをしてもらってもいい。

藤十郎は吾平といっしょに『万屋』を出た。

半刻（一時間）足らずで高砂町の『酔どれ長屋』にやってきた。

住まいをきいてきて、吾平は丹次の家の腰高障子に手をかけた。

「ごめんよ」

吾平は戸を開けて呼びかける。

「誰でえ」

布団の中から男の声がした。

「いつまで寝ているんだ。お天道《てんと》さまはもう高く上っている」

吾平が大声を出す。

男があわてて起き上がった。

「こいつは親分さんで」

三十ぐらいの細身で、鷲鼻の男だ。丹次に違いなかった。

丹次は急いで布団を畳んだ。

「親分さん。いってえ、朝っぱらから何の用で？」

「三日前の夜、下谷御成道で一働きしたな」

「さあ、何のことかわかりませんが」

「とぼけてもだめだ。掏った五十両はどこにある？」

「藪《やぶ》から棒に、なんですね。冗談じゃありませんぜ」

丹次は否定し、

「確かに以前はそんなこともしていました。でも、あっしは三年も前にその稼業から足を洗ったんです」

「やはり、足を洗っていたのか」

「へえ」

「なのに、なぜ、今回また……」

吾平は丹次を追い詰める。

吾平が脅しをかけておいてから、藤十郎が出ていくという手筈《てはず》だった。吾平がこっちに顔を向けたので、藤十郎は前に出た。

「丹次さんですね。私は浅草田原町で『万屋』という質屋をやっている藤十郎です」

「へい」

丹次は畏まって答える。

「私の知り合いが下谷御成道で、丹次さんに似た男に五十両掏られたと言っているのです。あなたは、三日前の夜、下谷御成道にいましたか」

「あっしはそんなところに行ってはいませんぜ」

藤十郎は丹次の目を見つめる。

しばらく見返していたが、丹次はさりげなく目を逸らし、

「あっしに似た男は何人かいるようです。そんな話を聞きました。きっと、その男でしょう」

「なるほど」

藤十郎は頷きながら、

「不思議なんです」

と、呟くように言う。

「何が不思議なんですね」

「三人のお侍さんが歩いていて、そのうちのひとりが懐に五十両を持っていました。その掏摸は金を持っているお侍にぶつかっているんです。どうして、掏摸はそのお侍さんがお金を持っているのを知っていたのでしょうか」

「さあ、掏摸なら金を持っているかどうか、一目見ただけでわかるんじゃないですか

え」

「なるほど。でも、盛り場や祭りなど人出の多いところなら金を持っていそうな獲物を見極めることは頷けるのですが、夜の下谷御成道ですからね」

「…………」

「それに私には、掏摸は三人が屋敷を出ていくときから尾《つ》けていたように思えてならないのです」

「そんなばかな」

丹次はあわてて、

「金を持った侍が屋敷から出てくるなんて、どんな老練な掏摸だってわかるはずありませんぜ」

と、口元を歪めた。

「仰るとおりです」

藤十郎は素直に認め、

「ですから、最初から知っていたのですよ。お金を持ったお侍が屋敷から出てくるのを、誰かから聞いていたのではないでしょうか」

「…………」

「ところで、丹次さん」

丹次はぴくっと身を動かした。

「水島三之助か高井哲之進というお侍をご存じではありませんか」

「知りませんよ。だって、あっしは御成道なんかに行ってはいないんですから」

「水島三之助と高井哲之進が御成道にいたとは言っていません」

「………」

「どうなんですか」

「知りません」

「真木陽一郎というお侍はどうですか」

「知りません」

「そうですか。じつは真木陽一郎どのがあなたにお会いしたいそうなんです。会っていただけますか」

「なんで、あっしが、そのお侍さんに会わなきゃならないんですか」

丹次が憤然として言う。

「じつは真木どのが五十両を掏られた本人でしてね。掏った男の顔ははっきり覚えていると言われているのです。丹次さんが掏ったのではないことを真木どのにわかってもらうためにもぜひ会って……」

「なんだか、まるであっしが掏ったみたいに受け取れますぜ。親分さん」

丹次が吾平に向かって、

「あっしが五十両を掬ったっていうならここに五十両、隠してあるはずですね。そうじゃありませんかえ」

「なんだ、家捜ししてみろと言うのか」

吾平は挑戦を受けるようにきいた。

「へえ、構いませんぜ。五十両が出てきたら、あっしを煮るなり焼くなり、好きにしてくれ。ただし、出てこなかったら……」

「丹次さん。それだけでは身の証が立ったとはいえません。二日空いてますからね。誰かに預けたことも十分に考えられます」

「誰に預けたっていうんだ?」

丹次はさらにむきになった。

どうやら、丹次は追い詰められたと感じているのか焦っているようだ。

「藤十郎さま。家捜しをしてみますか」

吾平がその気になってきいた。

「ないと思います」

藤十郎は言い切り、

「丹次さん。やはり、疑いを晴らすためにも真木陽一郎どのに会ってみませんか。真木どの話では、筋違橋で職人と出会ったそうです。その職人の様子が妙だったので掏摸を見ていたのではないかと言っていました。この職人を探し出して丹次さんを見てもらえば、すべてはっきりするかもしれません」

「………」

丹次の顔色が変わっている。

「丹次さん。私は五十両を取り返したいだけなのです。真木陽一郎どのは五十両を失ったために腹を切る覚悟までしていました。では丹次さん。また来ます」

藤十郎は言う。

「丹次。この件がおめえじゃねえことを祈っているぜ。もしおめえの仕業だとしたら、おめえの腕もずいぶん鈍ったってことだ。これに懲りて本気で足を洗うことだ」

吾平が厳しくも温かく言った。

そのとき、隣の部屋から激しく咳《せき》が聞こえた。丹次ははっと身じろぎした。

「お隣は？」

藤十郎がきく。

「茂助《もすけ》とっつぁんだ。喘息《ぜんそく》の持病があるんだ」

「行ってやるんですね」

「ええ」

「じゃあ、我らは引き上げますから」

丹次は急いで隣の戸を開けた。

「とっつぁん、だいじょうぶか」

丹次の声が聞こえてくる。

長屋木戸を出たところで、吾平がきいた。

「どうでしたかえ、感触は？」

「間違いないと思います。丹次が掏ったのでしょう。それより、丹次はそんなに凄腕の掏摸だったのですか」

「ええ、掏られた者はいつ掏られたかまったく気づかない。端から見張っていても、いつ掏ったかわからない。そんな始末に負えない掏摸でした。ですから、今回の話を聞いたときは、変な話ですが、なんだか寂しい気もしました」

「足を洗ったのはほんとうだったのかもしれませんね」

何か金のいる事情が出来て、つい今度の仕事を引き受けたのではないか。藤十郎は茂助という男が気になった。

「親分。茂助というひとのことを調べていただけませんか。丹次が掏摸を働いた理由に、茂助さんのことが関係しているかもしれません」

「わかりやした。調べてみます」

藤十郎は吾平とその手下と別れ、湯島天神下《ゆしまてんじんした》にある庄内藩早瀬家の上屋敷に向かった。

御成道から路地を入ったところに長屋門があり、藤十郎は門番所に近づく。

「私は万屋藤十郎と申します。真木陽一郎さまにお会いしたいのですが」

「真木どのは朝早く外出されたはずだが」

髭剃り跡が青々とした門番は言うなり、顔を引っ込めた。

再びすぐ顔を出し、

「やはり出かけておる」

「言伝てを願えますか」

「それは出来ぬ。また、夕方に改めて参られよ」

「わかりました。また、出直します」


藤十郎が店に戻ったとき、敏八が貧しい身形《みなり》の女の客に応対していた。三歳ぐらいの女の子を連れていた。

「これで五両は無理ですね」

敏八の手に象牙の蒔絵櫛《まきえぐし》があった。

「母の形見なんです。私にはお金に代えられない大切なものなんです。どうしても、五両いるんです」

女は藤十郎を見ると、近寄ってきて、

「お願いでございます。母が亡くなるとき、ほんとうに困ったらこれを売りなさいと言って遺してくれたものなんです。どうしても五両いるんです」

頭を下げて訴える。

「これです」

藤十郎は敏八から櫛を受け取って眺め、

「この品物だけではどうしても一両に行きません。でも、母御があなたのために遺した櫛ですし、あなたも母御の愛情を櫛を通して感じていなさるわけですから」

と言いつつ、櫛を敏八に返し、

「五両で預かるように」

「わかりました」

敏八はほっとしたように、

「では、お預かりさせていただきます」

「ありがとうございます」

女は藤十郎に何度も頭を下げた。傍にいた愛くるしい顔の女の子もぺこりと頭を下げた。青白い顔をしている。

「母御の大事な形見です。必ず、請け出してご自分の手元に置いてください」

藤十郎は諭すように言う。

「はい」

「もし、期限までにお金が用意出来なくても、また相談に乗りますから」

そのまま、藤十郎は自分の部屋に入った。

しばらくして、敏八がやってきた。

「最前はありがとうございました。あの女人には五歳になる男の子もいるそうですが、病に臥《ふ》して薬代が嵩《かさ》むと言ってました」

「子どもが病気？」

「はい。ご亭主は三年前に病死して、女手ひとつでふたりの子を育てているそうです。そこに男の子が病気になって困っているそうです」

「そうか、それは気の毒だ。住まいは？」

「阿部川町《あべかわちょう》の『太郎兵衛店《たろうべえだな》』です。おくにという名です」

「わかった。そのうち、様子を見に行ってみよう」

「では」

敏八は店に戻った。

おくにの子の病が薬で治ればよいが、そうでなければ五両の金などたちまち使い尽くしてしまうだろう。

真木陽一郎の五十両もそうだが、おくににとって五両は重荷だ。期限までに金を用意して質草を引き出すことは難しいだろう。

その場合、損をするのは『万屋』だ。預かった質草を売却しても貸した金の元はとれまい。

そのことは承知の上だった。しかし、大名家の家臣という暮らしの保証がある真木陽一郎と違って、おくにの場合はこの五両で解決が図れるかどうか心もとない。もし、子どもの病気が長引けば、また危機が訪れることになる。

夕方になって、藤十郎はもう一度、早瀬家の上屋敷に行くために『万屋』を出た。

門番所に、先ほどと同じ門番がいた。

「真木どのはまだ帰っていない。最近、朝早くから夜遅くまで歩き回っているようだ。きょうも、夜になるかもしれない」

「そうですか。また、明日、出直します」

陽一郎は掏摸を探し回っているのだ。盛り場を主に歩き回っているのだろう。

丹次は掏摸を何年か前にやめていたようだ。今回、のっぴきならぬ事情から掏摸を働いたのだとしても、もう、掏摸はやらないはずだ。だから、盛り場を歩いても出会う機会はない。

藤十郎は帰り道、陽一郎と出会うかもしれないと思いながら向こうから歩いてくる武士に気をつけたが、陽一郎を見ることはなかった。

五

その朝、半吉の長屋に『三河屋』の手代和助がやってきた。

「半吉さん、旦那がお呼びです。朝四つ（午前十時）ごろに来てくれとのことです」

「私もお伺いするつもりでした」

和助は部屋の中を一瞥《いちべつ》して引き上げていった。

半吉はどうすべきかずっと考えてきた。このまま、自分の無実を訴え続けても、半吉が盗んだと決めつけている旦那たちにわかってもらうのは難しい。

男から預かった五十両を持って自分の罪を許してもらうことも考えたが、それでは生涯、自分が五十両を盗んだことにされてしまう。それに、五十両は男に返すべきものだ。

どちらを選んだとしても、半吉にとっては地獄だ。同じ地獄なら、のちのちのことを考え、ありのままを訴えよう。難しくとも、やはり事実をわかってもらうしかなかった。

半吉は四つ少し前に『三河屋』に着いた。

すぐ客間に案内されたが、忠右衛門が現れるまで、四半刻ほど待たされた。

半吉は落ち着かぬ時を過ごした。半吉は自分から事実を訴えようと『三河屋』に出向くつもりでいたが、忠右衛門のほうから半吉を呼び出してきた。

忠右衛門もまた何か決心をしたのか。

ようやく現れた忠右衛門は、厳しい顔で向かいに腰を下ろした。

「どうだ、反省したか」

忠右衛門の切り口上に、

「旦那、お聞きください」

半吉は身を乗り出した。

「言い訳など聞きたくない。罪を認めるのか認めないのか」

忠右衛門が迫る。

「違います。旦那、信じてください。私は金を盗んではいません」

「まだ、しらを切るのか」

「ほんとうです。私の家にあった五十両は他人から預かったものなのです。事情があって、私に預け、近々お金をとりにやってくることになっているのです」

「そんなつくり話などしおって」

忠右衛門は不快そうに顔を歪め、

「きょうより、『三河屋』の出入りは差し止めだ。恩を仇《あだ》で返すとはこのことだ。もう二度と私の前に顔を出すな」

「えっ」

半吉は心ノ臓を激しく叩かれたような衝撃を受けた。

「半吉。本来ならおまえを町方に突きだすところだが、これまでの付き合いに免じてそれだけは勘弁してやる。その代わり、五十両は返してもらう」

「あの金は……」

「黙れ」

忠右衛門が怒鳴って立ち上がった。

「旦那、そうじゃねえ、そうじゃねえんだ」

「おまえのような恩知らずの顔も見たくない。二度と『三河屋』の敷居を跨《また》ぐんじゃない。さっさと出ていけ」

忠右衛門は部屋を出ていった。

すぐ番頭と若い奉公人数人が入ってきた。

「おまえさんもばかだ。のっぴきならぬ事情から魔が差したのだろうが、正直に言えば、旦那だって悪いようにしなかったのだ。さあ、立って」

半吉は若い奉公人に引きずり出されるようにして、外に放り出された。

足に力が入らず、よろけながら彷徨《さまよ》うように長屋に帰ってきた。

『三河屋』の後ろ楯《だて》を失ったことは半吉にとっては大きな痛手だった。それも、盗っ人の疑い、いや疑いではない、盗っ人と決めつけられたのだ。

腰高障子が開いた。大家だった。

「半吉、いってえ何があったんだ？」

いきなり、大家が食いつくようにきいた。

「大家さん」

「どうも二、三日前からおめえの様子がおかしい。おめえが出かけたあと、『三河屋』の奉公人がやってきたのできいたら、おめえ、とんでもねえことをしてくれたそうだな」

「大家さん、違うんだ」

「五十両を盗んだと聞いたとき、まさかと思ったぜ。おめえがそんな真似をするとは信じられなかったからな」

大家はやりきれないように、

「『三河屋』の旦那はおまえが謝れば許してやると仰ったそうじゃないか。それなのに、最後までしらを切り通した」

「大家さん。ほんとうなんです。あっしは盗んじゃいねえ」

「なら、床下にあった五十両はどうしたんだ？　おめえに持てる金じゃない」

「煤払いの夜、筋違橋ですれ違った男から預かったんです」

「見知らぬ男が金を預けたって話を誰が信じるんだ？」

「ほんとうなんです」

「嘘《うそ》を突き通せると思っているのか」

大家は呆れたようにため息をつき、

「少し頭を冷やすんだな」

と、出て行きかけたが、気がついたように振り返り、

「半吉。床下の五十両は俺が立ち合い、『三河屋』に返した」

「えっ、なんですって」

半吉は目を剝《む》いた。

「あれは『三河屋』の金じゃないんです。あっしが預かっていたものです」

「まだ、そんなことを言っているのか。金を返したから『三河屋』さんはおまえを訴えなかったんだ。そうじゃなければ、おまえは今頃、小伝馬町《こでんまちよう》の牢屋敷《ろうやしき》に送られているところだ」

「なんでこんなことに……」

半吉は呻《うめ》き声をもらした。

半吉は近くの呑み屋で酒を呷《あお》っていた。湯呑みを空にして、さらに酒を注《つ》ごうとしたが、徳利《とっくり》には一滴もなかった。

「酒をくれ」

半吉は怒鳴った。

「半吉さん。もうやめておいたほうがいい」

亭主が声をかける。半吉の前に徳利が何本も転がっている。

「酒だ」

「これだけだ。これで最後だ」

亭主が徳利を持ってきて、空いた徳利を引き上げた。

「ちくしょう。俺を盗っ人に仕立てやがって」

半吉は吐き捨てる。

戸が開いて、誰かが入ってきた。半吉の前に立った。

「半吉、こんなところで何をやっているんだ?」

「誰でえ?」

半吉は虚《うつ》ろな目を向ける。

「俺だよ、わからねえのか。寛吉《かんきち》だ」

「棟梁《とうりよう》か」

大工の棟梁の寛吉だ。

「棟梁かてぇなんて言い草だい。きょう、普請場の仕事を頼んだはずだ。なぜ、来ないんだ？」

「そうだったかな」

「そうだったかな、だと。やい、半吉。こんなにべろんべろになりやがって。現場じゃ、てめえが来ねえから困っちまって……」

「棟梁。誰か代わりを探してくれ」

「なんだと。てめえ、それでも一人前の職人か」

「俺はもう職人じゃねえ。俺は……」

自棄《やけ》になって、盗っ人だと言おうとして思いとどまった。

「なに？」

「なんでもねえ」

「そんなに酔っぱらっていちゃ、仕事にならねえな。御数寄屋町の親方が生きていたら、さぞかし嘆いたことだろうぜ」

棟梁は侮蔑の目を浴びせて引き上げていった。

親方、俺はどうしたらいいんだ、半吉は自分を実の倅のように育ててくれた御数寄屋町の親方に訴えた。

こんなとき、親方がいてくれたら……涙が滲《にじ》んだ。

また徳利が軽くなった。

「半吉さん、もうこれ以上はだめだ」

亭主が先手を打つように言った。

「ちぇっ」

半吉は床几から立ち上がった。

「ここから勘定をとってくれ」

懐から巾着を取りだして亭主に言う。

「よし、とった。懐に入れたからな。落とすんじゃねえぜ」

亭主に見送られて、半吉は呑み屋を出た。

途中の空き地で立ち小便をして、長屋に帰った。

腰高障子を開けると、天窓からの明かりで暗い土間に誰かがいるのがわかった。

「誰でえ」

「やっと帰ってきたか」

上がり框《がまち》に座っていた男が立ち上がった。酔った目には細身の男が二重にも三重にも見える。

「ずいぶん機嫌がよさそうだな。まさか、俺が預けたものを使ったんじゃないだろうな」

男が鋭い声を発した。

「………」

口をあえがせたが、声にならない。

「ともかく、明かりを点《つ》けてもらおう」

男が言う。

半吉はすぐ足が動かなかった。

「なにしているんでえ。さあ、上がれ」

半吉は酔いが急激に引いていくのがわかった。倒れそうになる体を踏ん張りながら部屋に上がった。

何度もやり直してやっと行灯に火が入った。

男の顔が仄《ほの》かな明かりに映し出され、半吉は改めて息を呑んだ。筋違橋で会った男に間違いなかった。

「俺を思い出したかえ」

男が言う。

「預けたものを受け取りにきた。出してもらおうか」

男の口調が厳しいものになった。

「………」

「どうした？」

「すまねえ」

半吉は畳に両手をついた。

「ないんだ」

「なに？」

男の顔色が変わった。

「やはり、使い込んだのか」

「違う。聞いてくれ」

半吉は懸命に訴える。

「俺は大工の職人で、池之端仲町にある『三河屋』に出入りを許されていた。この前の十三日の煤払いの日……」

「そんな話を聞いても仕方ねえ」

「聞いてくれ。頼む」

半吉は必死だ。

「煤払いの日、俺も手伝いに行った。旦那の部屋を掃除したあと、俺はもうひとつの出入りの大店である神田須田町の『相模屋』に移ったんだ。そこで掃除を手伝い、義理を果たしてから『三河屋』に戻る途中、おまえさんに会ったんだ」

　相手がちゃんと聞いているかどうか不安になって、男の顔を見つめた。

「聞いている。続けろ」

「おまえさんから預かった五十両を持ったまま『三河屋』の振舞い酒を馳走になって、落としてはいけないと思い、俺は『三河屋』に行かなかった。それで次の日、『三河屋』の旦那に寄らずに帰ったことを詫びにいったんだ、そしたら、旦那が妙なことを言う。おまえさんがあんな真似をするからにはよほどの事情があったのではないか。その事情を聞かせていただきましょうって恐ろしい顔で。俺にはなんのことかわからねえ。だから、なんのことかわからないと答えたら、怒りを抑えたまま、もう一日待つからよく考えろと……」

　半吉は悔しさに涙ぐみながら、

「次の日、何があったのかわかった。旦那の部屋の床の間から五十両がなくなっていたそうだ。旦那の部屋を掃除したのが俺なので、真っ先に疑われちまった。『三河屋』の手代が俺の留守中に家捜しをして五十両を見つけ、俺に間違いないってことになったんだ」

　半吉は呻くように、

「あの金は預かったものだと言っても、信じてもらえなかった。見も知らぬ男に五十両を預ける者がいるわけないと取り合ってくれなかった。役人に突き出さないだけでもありがたいと思えと言い、俺の留守中に大家立合いのもとに五十両を持っていってしまった」

半吉は男の顔を見つめ、

「ほんとうなんだ。大家に聞いてくれれば、『三河屋』の者が五十両を持っていったって言うはずだ」

男から返事はない。

こんな話、信じられるわけはない。

「頼む。大家に聞いてくれ。でも、大家は俺を盗っ人だと思い込んでいるからな。おまえさんが五十両のほんとうの持ち主だと言っても、俺が頼んで言わせていると思うに違いない」

それでもこの男だけにはわかってもらわねば、今度はこの男から金を盗んだと思われてしまう。

「頼む。大家に話を聞いてくれ。『三河屋』の者が五十両を……」

「その必要はねえ」

男は首を横に振った。

「でも」

「とんだことだったな」

「えっ？」

「俺が金を預けたばかりに、おめえに災いをかけちまったな」

「俺のことを信用してくれるのか」

半吉は耳を疑った。

「信じる」

「どうして信じられるんだ？」

「おめえ『三河屋』の印半纏を着ていたじゃねえか。大店に出入りを許されている大工なら間違いねえ」

「ありがてえ」

半吉は目頭が熱くなった。今度の涙はうれし涙だ。誰にも信じてもらえない惨めさに打ちのめされていただけに、信じるという言葉がありがたかった。

「でも、預かった五十両を持っていかれたのは俺の責任だ。明日、もう一度『三河屋』に行って……」

「無駄だ」

男は口元を歪めて、

「『三河屋』に行っても、また辛《つら》い思いをするだけだ。だが、いつかほんとうのことが明らかになる日が来るはずだ。お天道さまはちゃんと見ている。だから、身の潔白が明らかになるまで自棄にならず辛抱強く過ごすんだ」

「へえ」

「俺が巻き込んでしまってすまなかった。えらそうなことを言える身じゃねえが、短気だけはだめだ。俺は引き上げる」

「待ってください。お名前を？」

「名乗るほどの者じゃねえ。じゃあな」

男は土間を出ていった。

自分の言葉を信じてくれたことだけでもうれしかった。そして、男の言葉が信じられ、勇気をもらった。男の言うように、お天道さまはちゃんと見ているのだ。自棄になってはだめだ。少しばかり前向きに捉えようとしたとき、あっと大工の棟梁寛吉に対して歯向かったことを思い出して胸を掻きむしった。


翌朝早く、半吉は神田佐久間町《さくまちよう》にある寛吉の家に行った。表通りにある広い家だ。土間も広く、内弟子が何人もいる。

土間を掃除していた若い男に声をかける。

「恐れ入ります。棟梁はおりますか。大工の半吉がお詫びにきたとお伝えください」

「少々お待ちを」

若い男は奥に向かった。

すぐに寛吉が出てきた。

「親方、昨夜はすみませんでした。悪酔いをしていたとはいえ、あのような非礼な態度を」

「半吉、聞いたよ。おまえさん、『三河屋』を出入り差し止めになったそうだな」

「それはある誤解から……」

「まあいい。きのう、現場を捨てたんだ。今さら、おまえさんに仕事を頼まなくても、もう他を手配した。俺んとこも、出入りはならねえ」

「親方、『三河屋』さんは誤解なんです。あっしは何も……」

「ほんとうに、おまえさんは言い訳ばかりだな」

冷たく言い、寛吉は奥に引っ込んだ。

「親方……」

半吉は悄然と土間を出た。

お天道さまはちゃんと見ているのだ。自棄になってはだめだ。その言葉を何度も自分に言い聞かせながら、くずおれそうになりながら長屋へと向かった。

第二章　場末の女

一

朝早く、『万屋』に真木陽一郎がやってきた。

敏八の知らせで藤十郎が店に出ていくと、陽一郎が近づいてきた。

「何度かお屋敷にきていただいたそうで。門番から昨夜聞いたもので」

「上がってください」

店の脇にある小部屋に通して差向かいになる。

「毎日、朝早くから夜遅くまで掏摸を探しているのですか」

「はい、きのうは護国寺《ごこくじ》のほうを歩き回りました。遊び人らしい男を見かけてはあの男の特徴を言ってきいているのですが……」

陽一郎は疲れたような顔で言う。

「そうですか。じつは、それらしい男を見つけました」

「ほんとうですか」

「はい。三年ぐらい前に掏摸から足を洗った男です。今回、久しぶりに他人の懐を狙ったのでしょう」

「どこにいるのですか」

「まあ、お待ちください」

藤十郎は逸《はや》る陽一郎をなだめ、

「丹次といいます。岡っ引きといっしょに会ってきました。もちろん、一切を否定しています」

「私が会います」

「はっきり顔を見たのですか」

「はっきりではありませんが、もう一度見ればわかります」

「丹次は否定するでしょう。似ている誰かと間違えたのだと言い返された場合、あなたに決め手がありますか」

「決め手……」

「丹次は三年ほど前に掏摸をやめているんです。奉行所のほうでも、掏摸としては、丹次のことは頭になかったようです。その丹次を掏摸だと決めつけるにははっきりした証がないと言い逃れられてしまいます」

「お金は？」

「誰かに預けたのか、家の中にはありません」

「そうですか。金を取り返すことは出来ませぬか」

陽一郎は悔しそうにため息をついた。

「真木さん」

藤十郎は呼びかけ、

「掏られたときのことを思い出してくださいませんか」

「掏られたときのことですか」

「あの日、お屋敷を出て、御成道から新黒門町の『京福堂』に向かったのですね」

「そうです」

「人通りはありましたか」

「いえ。まばらにはありましたが」

「水島三之助どのと高井哲之進どのがいっしょだったのですね」

「ええ」

「掏摸に出会ったとき、どういう並びで歩いていたのですか」

「どういう並び？」

陽一郎は訝しげに、

「どういうことですか」

と、きいた。

「あなたは掏摸を探して盛り場を歩き回っていたのですね。なぜ、ですか」

「それは掏摸は盛り場で獲物を狙うだろうからです」

陽一郎は毅然として言う。

「そうです。盛り場など人出の多い場所こそ、格好の稼ぎ場でしょう。では、なぜ、あの夜、御成道に掏摸が現れたのだと思いますか」

「それは……」

陽一郎は返答に窮したようになった。

「掏摸の立場で考えてみましょう。たまたま御成道を歩いていたら三人連れの侍が歩いてきた。たまたま中のひとりの懐を狙ったら思いがけずに五十両あった。そういうことでしょうか」

陽一郎はあっと叫び、

「掏摸は私が金を持っていることを知っていたと？」

「そうとしか考えられないのです」

「そんなことあり得ません。掏摸が五十両のことを知っていたなんて」

陽一郎は重ねて、

「やっぱり、掏摸の男に会わせていただけませんか。会って直接対決したほうが早い」

「さっきも言ったように、会って、ほんとうに掏摸かどうかわかりますか。似ているだけで掏摸だと決めつけることは出来ません」

「掏った相手に会えば、掏摸も動揺するのでは……」

「掏摸はそんなに肝っ玉は小さくありません」

藤十郎はなだめるように、

「もう一度、思い出してみてください。掏摸に出会ったとき、どういう並びで歩いておられたのですか」

と、先の問いかけを繰り返した。

「私が真ん中で三人並んで歩いていました。すると、前方からやってきた男が、誰々のお屋敷はどこかと声をかけてきたのです。知らないと答えて、すれ違おうとしたら、男が私にぶつかったのです。ちょっと不自然だったので懐に手を突っ込んだら財布がない。それであわてて追いかけたのです」

丹次は久しぶりの仕事だった。おそらく、自分の想像以上に腕が鈍っていたのだろう。

「やはり、あなたが五十両を持っているのを知っていたとしか思えません」

陽一郎が憤然と呟く。

「信じられない」

「いろいろなことが考えられます。まず、どうして夜に五十両を持って新黒門町の『京福堂』に行くようになったのでしょうか」

「実際の持ち主が夜でないと来られないからということでした」

茶器は『京福堂』が仲介して、ある商家の主人から買い取ることになっていた。その主人が夜でないと時間がとれないということだったらしい。

「『京福堂』のほうから何者かにその件が漏れたとしても、実際に誰が金を届けるかまでは『京福堂』のほうではわからないでしょうね」

「いえ。用人が『京福堂』の主人に真木陽一郎という者が金を届けると伝えています」

「では、『京福堂』のほうから漏れたかもしれないのですね」

「しかし、掏摸がそのことを知ったって、私の顔を知らないはずです」

「そうでしょうね。考えられるのは、他のおふたかたのどちらかが……」

「それはあり得ない。三之助と哲之進がそんな真似をするはずがない」

朋輩の水島三之助と高井哲之進の三人で歩いていて、丹次は陽一郎だけにぶつかっているのだ。

「掏摸はたまたまぶつかった相手の懐を狙った。そしたら、たまたま五十両を持っていた。そう思いますか」

藤十郎は確かめる。

「………」

陽一郎は顔を強張《こわば》らせている。

「いずれにしろ、掏摸はあなたが五十両持っているのを知っていたと思われます。つまり、掏摸と繫《つな》がっている者がいると考えたほうがよいように思えます」

「偶然です。偶然だったんです」

陽一郎は顔を紅潮させて反論する。

「ほんとうに偶然だったのかどうか、よく考えてみてください」

今の陽一郎に何を言っても無駄だろう。落ち着いて、自分で考えなければだめだ。

「考えるまでもありません。三之助と哲之進は親友です、あり得ません」

「『京福堂』のほうの件も含め、何か裏がないか調べていただけませんか。もし、必要なら、私が調べてもいいのですが」

「いえ。私が調べます」

陽一郎は強い口調で言う。

「わかりました。調べたことを教えていただけますか」

「はい。お知らせにあがります」

そう言い、陽一郎は少し憤然とした様子で引き上げていった。

朋輩のふたりが疑われたことが気に入らなかったようだ。やはり、今の陽一郎には冷静に事態を見つめる余裕はあるまい。

丹次からきき出すしかないと、藤十郎は思った。

藤十郎は浜町堀近くにある『酔どれ長屋』を訪れた。

腰高障子を開けて土間に入る。だが、丹次はいなかった。

しばらくして、背後から、

「誰でえ」

という声がした。

振り返ると、丹次だった。

「万屋藤十郎です」

「何か用ですかえ」

丹次は藤十郎の脇をすり抜けて部屋に上がった。隣から微《かす》かに咳が聞こえる。

「茂助さんでしたね」

藤十郎は隣との壁に目をやる。

「今、様子を見てきたからだいじょうぶですよ」

「丹次さんが茂助さんの看病を？」

「看病ってことではないですが、あっししか見てやれる者がいませんからね」

「茂助さんに身内は？」

「子どもがいたそうですが、行き来はないんじゃないですか」

「喘息は長く患って？」

「五、六年前くらいですかね。あっしが三年前にここに越してきたときから苦しんでいましたから」

「そうですか」

「万屋さん。何か用ですかえ。五十両を掏られたっていうお侍と対決させるって話ですかえ」

「いえ」

藤十郎は土間に立ったまま、

「顔を合わせてもお互いが自分の考えを言い合うだけで、話がかみ合わないことが目に見えています」

「そうでしょうね」

丹次が冷笑を浮かべる。

「丹次さんは三年前に掏摸から足を洗ったそうですね」

「ええ、きっぱりと足を洗いました」

「きっかけは？」

「きっかけですか」

丹次は眉根を寄せた。

「年のせいですかね」

「三年前ならまだ、年のせいにするのは早いんじゃありませんか」

「でも、皆三十の声を聞くと、動作が鈍ってきて、いままでのようなわけにはいかなくなって、失敗することが多くなってくるそうです。三十過ぎて、捕まって獄門《ごくもん》になった掏摸を何人か知っています」

　丹次は厳しい顔で答えた。

「掏摸をやめて何をしているんです？」

「鋳掛《いか》け屋です」

「鋳掛け屋？」

「ええ」

「そう言われてみると、竈《かまど》の近くに蕭《ふいご》や篩《ふるい》、鍋、釜がありますね」

　藤十郎はそのほうに目をやった。

「ええ」

「意外でした」

　藤十郎は正直に答える。

「でも、手先は器用でしょうから、仕事を覚えるのも早いでしょうね」

「まあ」

「ひょっとして」

藤十郎ははたと気づいた。

「茂助さんは鋳掛け屋？」

「そうなんです。あっしの師匠ですよ」

丹次は口元を綻《ほころ》ばせた。

「掏摸をやめるきっかけも？」

「そうです。本町通りで、ある旦那の懐を狙ったところを、茂助とっつぁんが見ていた。あっしはすぐ財布を懐に戻し、旦那の傍を離れた。お濠のところまできたら、茂助とっつぁんが近づいてきて、掏摸の末路なんて哀れなものだと言ってきた。太く短く生きればいいからって口答えしたら、それでも捕まったら死罪だ。早すぎてもつまらねえと、こんこんと説き伏せられた」

丹次は苦笑し、すぐに真顔になって、

「あっしは孤児だったから、真剣に諭してくれる茂助とっつぁんの言葉がありがたかった。茂助とっつぁんは掏摸をやめて食っていく手立てがなければ俺の仕事を覚えろと言ってくれたんだ」

「それで隣に引っ越してきたというわけですね」

「ええ、隣が空いているっていうんで。ここに住んで、とっつぁんといっしょに町を歩きながら仕事を覚えたんだ」

「なるほど」

藤十郎は頷いてから、

「それなのに、なぜ？」

「えっ？」

丹次は顔色を変えた。

「足を洗ったはずなのに、なぜ、また掏摸を働くことになったのですか」

「万屋さん。仰っている意味がわかりませんぜ」

「丹次さん。私はあなたが真木陽一郎どのから五十両を掏ったのだと思っています。そして、あなたに、真木どのが五十両を持っていると教えた人物がいると思っています」

「………」

丹次は言葉を失っていた。

「もちろん、何の証もありません。あくまでも、私の勘に過ぎません。でも、私は自分の勘を信じています」

「勘だけで掏摸にされたらたまりませんぜ」

丹次は吐き捨てるように言う。

「仰るとおりです。ですから、私はこのことを他のひとには言いません。丹次さん、私がなにをもってあなたが掏ったと確信したと思いますか」

「………」

「掏ったことを真木どのに気づかれたことですよ。吾平親分が言うには、昔はあなたを尾けていてもいつ掏り取ったかわからなかったそうです。それほどの凄腕の掏摸だったあなたがなぜ真木どのに気づかれたのか」

丹次は顔をしかめる。

「三年間の空白ですよ。それがあなたの腕を鈍らせたのです。このことを知ったとき、私はあなたの仕業だと直感しました」

「三年前に足を洗っているんです。掏摸を働くはずがないじゃありませんか」

「三人連れの中のひとりの懐を堂々と狙う。そんな芸当が出来るのはそう何人もいるとは思えませんが」

「………」

「私が知りたいのは、せっかく足を洗っていたにも拘《かか》わらず、なぜ今回、掏摸を働いたかなのです」

藤十郎は丹次に問い掛ける。

「さあ、あっしには無関係な話なんで、何とも言いようがありませんぜ。すみません、そろそろ、仕事に出ないと。茂助とっつぁんの代わりにお得意先を回るんです」

「そうですか。また、寄せてもらいます」

藤十郎は踵《きびす》を返し、戸口の前に立ったとき、

「万屋さん」

丹次が呼び止めた。

「何か」

藤十郎は振り返る。

「じつは……」

丹次は何か言いかけたが、

「いえ、なんでもありません」

首を横に振った。

しばらく待ったが、丹次は口を開こうとはしなかった。

「失礼します」

藤十郎は戸を開けて土間を出た。

丹次は何を言おうとしたのだろうか。

二

半吉は神田須田町の紙問屋『相模屋』にやってきた。

『三河屋』の出入りを差し止めになったあと、半吉は大工の棟梁の寛吉からも縁を切られた。

それでもなんとか自棄にならずに懸命に堪えてきたのも、あの男の言葉があったからだ。

「いつかほんとうのことが明らかになる日がくるはずだ。お天道さまはちゃんと見ている。だから、身の潔白が明らかになるまで自棄にならず辛抱強く過ごすんだ」

その言葉を胸に、半吉は踏ん張った。仕事なら、他にもある。もうひとつの出入り先である『相模屋』に行き、事情を話しておこうと思ったのだ。

店の土間に入り、手代に主人惣兵衛への取次ぎを頼んだ。

半吉はいつものようにすぐ座敷に通された。惣兵衛に『三河屋』での五十両紛失騒ぎから自分が疑《うたぐ》られたことまでつぶさに話しておこうと思った。

惣兵衛がやってきた。柔和な顔立ちの惣兵衛だが、なんとなく身構えているような険しさを感じた。

半吉は不安に駆られながら、

「旦那、きょうお訪ねしたのは『三河屋』さんでのことです」

と、切り出した。

なおも続けようとしたとき、

「聞いたよ」

惣兵衛が頷きながら言う。

「そうでございますか。『三河屋』さんの旦那の部屋にあった五十両がなくなっていたのを、私のせいにされました」

「なに？」

惣兵衛の顔色が変わった。

「おまえさんは知らないと言うのか」

「はい。あっしは五十両を盗んでいません」

「本気でそう言っているのか」

「はい。本気です」

半吉は真剣に答える。

「そうか。本気か」

「はい」

「見損なったよ」

「えっ？」

続いて激しい言葉が耳元で弾《はじ》けた。

「私が落胆したのは、言い逃れ出来なくなってもまだしらを切り通していることだ。

「三河屋さんだって、おまえさんに救いの手を差し伸べたそうではないか。出来心で、つい目の前にある金に目が眩《くら》んでしまったのだろう。三河屋さんは、お金を持って謝りにくれば、何事もなかったことにするつもりだったそうではないか」

「旦那、違うんです。あっしはほんとうに盗んでいないんです」

「なるほどな」

惣兵衛は汚いものを見るように顔をしかめた。

「そうやって言い訳ばかりするのか」

「旦那、言い訳じゃありません。ほんとうに、あっしは何もしていないんです」

「では、家の床下に隠してあった五十両は何なんだ？」

「あれは預かったんです」

「名前も知らない男から預かったと言うんだろう。誰がそんな話を信用する。そんな見え透いた嘘が通用すると思うのか」

「旦那」

「私はおまえさんを買っていたんだ。それなのに、私の顔に泥を塗った。もうおまえさんには出入りをやめてもらうよ。今度はうちで金がなくなったら、おまえさんだと思う。だから敷居を跨がせない。わかったね」

惣兵衛は仁王立ちになった。

「半吉、盗っ人には用はない。出ていきなさい」

「…………」

半吉は唖然とした。

「罪を認め、私に三河屋さんへいっしょに謝りに行ってくれと頼みに来たのかと思ったのだ。もう、おまえの顔など二度と見たくない」

半吉は叫んだ。

「旦那っ」

だが、惣兵衛は座敷を出ていってしまった。取り残された半吉は、女中の冷たい視線を感じながら座敷を出た。

半吉はよろけながら筋違御門までやってきた。そろそろあちこちで、注連飾《しめかざ》りや若水《わかみず》桶《おけ》など、正月の飾りや什器《じゅうき》などを売る年《とし》の市《いち》が開かれる。最初は富岡八幡宮《とみおかはちまんぐう》の年の市だ。

世間は師走のあわただしさの真《ま》っ直中《ただなか》なのだが、半吉の周囲だけ時が止まってしまったようだった。

半吉は柳原の土手に出て、雑草の上にしゃがみこんだ。川船が通っていく。

相模屋惣兵衛は五十両の件を誰から聞いたのだろうか。『三河屋』の誰かが言いつけに来たのか。

このままなら、自分は盗っ人にされたままではないか。いつかほんとうのことが明らかになる日がくる、お天道さまはちゃんと見ている……。

ほんとうにそうだろうか。この件は半吉が盗んだことにされたままけりがついてしまったのだ。真相が明らかになることなどあり得ないではないか。

『三河屋』の忠右衛門は店の体面を考えて奉行所に届けなかっただけではないのか。いっそのこと、奉行所で調べてもらったほうがよかったのではないか。

同心や岡っ引きに店の中を調べてもらったほうがよかったのだ。場合によったら、半吉は小伝馬町の牢屋敷に放り込まれたかもしれない。それでも、吟味与力やお奉行の前で無実を訴えることが出来る。

少なくとも、今より真実が明らかになるような気がした。

それなら、今から奉行所に訴え出ようか。だが、すぐ冷水を浴びせられたように昂《たかぶ》った気持ちが冷えていった。

仮に、同心と岡っ引きが『三河屋』の忠右衛門を訪ねてきても、五十両の盗難騒ぎなどなかったと答えるだろう。今さらこの件を蒸し返されるのは迷惑なはずだ。紛失した五十両だって忠右衛門にしたら無事に取り返したことになるのだから。

そう考えると、この先、よほどのことがない限り、半吉の名誉は回復されない。いや、ほとんど絶望的と言っていい。

半吉は胸をかきむしりたくなった。この先、『三河屋』の一件を知らない客からの注文を受けて細々と仕事をしていくだけで、弟子をとって親方になるという夢はもう叶《かな》えられそうになかった。


夕暮れ、半吉はぶらぶら当てもなく歩き、両国橋《りょうごくばし》を渡った。気がつくと、竪川《たてかわ》を渡り、北森下町《きたもりしたちょう》を過ぎて常磐町に入っていた。

以前に、仲間と遊びに来たことがある花街だ。狭い間口の二階家が並び、戸口に女の姿がちらほら見える。薄暗くなって軒行灯《のきあんどん》に明かりが灯っている。

「お兄さん、遊んでいかないかえ」

女の声が追ってくる。どこでも構わない半吉は、入る踏ん切りがつかない。一番奥の店まで行って、また引き返す。

『桃乃井』という店の入口に若い女が立っていた。こっちに顔を向けた。どこか、おどおどした様子だ。客に声をかけようとしてかけられない。そんな感じだった。

半吉はその女に近づいていった。女が驚いたような目を向けている。

「頼む」

半吉はなんと言っていいかわからず、そう声をかけた。

「は、はい。どうぞ」

女はおずおずと半吉の手を摑んで土間に入る。

「いらっしゃい」

遣《や》り手婆《てばば》らしい中年の女が声をかけた。

「お客さん、まだ初《うぶ》な娘だからね」

女は羞《は》じらうように俯《うつむ》き、半吉を二階の小部屋に連れていった。

行灯の明かりが三畳の部屋を仄かに浮かび上がらせている。ベンガラの鏡台と衣桁があった。襖の向こうの部屋に花柄の布団が見えた。

「いらっしゃい。お新《しん》です」

女は畏《かしこ》まって挨拶をする。細面で寂しそうな目をした女だった。若く見えるが、二十は過ぎているのかもしれない。

「酒をもらおうか」

あぐらをかいて、半吉は言う。

「はい」

お新は部屋を出て階下に行った。

すぐ戻ってきた。

「今、来ますので」

と、目を伏せる。

まだ、こういう商売に馴《な》れていないのだろう。べらべら話しかけてくる女よりよかった。半吉も口をきくのが億劫《おっくう》だった。

障子の外でひとの気配がした。お新が障子を開けると、酒肴《しゅこう》が置いてあった。

お新の酌で酒を呑みはじめる。お新の猪口《ちょこ》にも酒を注いでやる。

「すみません」

お新は猪口を口に運ぶ。

半吉は呑むうちにまたも胸が塞がれてきた。『三河屋』からも『相模屋』からも見捨てられた。このことはいずれ、他にも知れ渡るかもしれない。細々でも仕事を続けられるかと思ったが、それも厳しいかもしれない。

父親代わりでもあった御数寄屋町の親方が亡くなったことが、半吉の不幸のはじまりかもしれない。

親方は心のよりどころであった。もし、親方が生きていたら、今回の『三河屋』の件もうまく取りなしてくれたかもしれない。五十両が失くなった経緯を調べ、半吉が盗んだのではないことを明らかにしてくれただろう。

親方のいない世で、俺は生きていても仕方ないのかもしれない。早く、あの世の親方のところに行く定めだったのではないか。

そう考え、ふと涙ぐんだ。

「とても辛そう」

お新が心配そうな顔で見た。

半吉ははっとした。

「すまねえ。ちょっといやなことを思い出してな。やっ、酒がねえな」

半吉はしいて明るく振舞おうとした。しかし、それは長続きしなかった。新しい酒を呑みはじめても、心は暗く沈んでくる。

酒を呷った。猪口が空になったが、お新は俯いたままだ。

「どうした?」

お新はやっと顔を上げる。

「お客さんが苦しんでいるのに、私は何のお役にも立てないと思ったら、急に悲しくなってきて……」

「そんなことない。俺はおまえさんがそばにいてくれるから、安心していやなことでも思い出せるんだ」

「そんなのおかしいわ。私の前では、いやなことを忘れてもらいたいのに」

「そうだな」

半吉は苦笑した。

「そうだ、俺の名は半吉だ」

「半吉さんね。私が半吉さんの苦しみを消して上げられたらいいんですけど」

「お新さん」

半吉は急にお新の艶《なまめ》かしい体に目が奪われた。あどけなく見える顔に比べ、胸や腰のまわりはみっしりと豊かで、半吉は生唾を呑み込んだ。

「お新」

半吉はお新に近付き、肩を抱き寄せた。手を胸元にすべり込ませ、口を吸う。お新はあえぎながら、向こうへと誘う。

半吉はお新から離れ、襖を開け、隣の寝間に入る。

褌ひとつになって先に布団に入る。あとからお新がやってきて向こうむきで帯を解いた。白い裸身が暗い中に浮かび上がった。

半吉は何もかも忘れようとお新を責めた。お新は何度も泣き声を堪《こら》えていた。

嵐のあとのように、穏やかな寝息が聞こえていた。

半吉は心地よい気だるさで、お新の裸の体を抱きながら少し寝入ったようだが、胸がまた疼《うず》きだして目を覚ました。

半吉は天井の節穴を見つめていた。頭の中に何もなかった。苦痛も悲しみも、そして喜びもない天空を浮遊しているような気がしていた。

やがて黒いものが忍び寄ってきて、半吉の体を包みはじめた。半吉は息苦しくなった。思わず、うっと呻き声を上げた。

お新が目を開けた。

「どうかしたの？」

お新がきいた。

「ちょっと……」

現実が蘇《よみがえ》ってきた。三河屋忠右衛門の顔が過《よぎ》り、相模屋惣兵衛の顔が脳裏を掠《かす》める。

「何に苦しんでいるのか教えて。私にでも話せば、少しは気が楽になるはずよ。ねえ、半吉さん、話して」

「すまねえ、気をつかわせて」

半吉は言い、

「今、なんどきだ？」

「五つ半（午後九時）ごろじゃないかしら」

お新は起き上がり、襦袢《じゅばん》を引き寄せた。

「そうか。町木戸が閉まらねえうちに帰るか」

半吉も体を起こした。

「帰るの？」

お新が寂しそうに言う。

「また来る」

半吉は立ち上がった。

「どうした？」

「もう会えないんでしょうね」

「また来るさ」

「そう」

「信用してねえな」

お新がいじらしくなって、

「約束だ」

と、指を出す。

「ううん」

お新は首を横に振り、

「約束なんかしないほうがいいわ。あとで、気が重くなるわ」

「そんなことはねえ」

しかし、半吉はため息をついて、

「確かに、おまえさんの言うとおりだ。約束したからって、何の保証にもならねえな。仕方ねえ」

半吉は立ち上がった。

お新が衣桁から着物をとり、後ろから着せ掛けてくれた。

「今夜はありがとうよ」

「またお会い出来たらうれしいわ」

「お愛想でも、そう言ってもらうとうれしいぜ」

「お愛想じゃないわ」

お新は真顔になる。

「お新さん。おめえと会えてよかった。元気が出たよ。俺は負けねえ」

自分自身に言いきかせた。

いつか、きっと身の潔白は明らかになる。それまでの辛抱だ。勇気が湧いてきた。これもお新のおかげだ。

お新に見送られて、『桃乃井』を出た。通りに出るまで何度も振り返ったが、そのたびにお新は手を振った。

商売の上の愛想だと思っていても、お新のやさしさに救われたのは間違いない。

（俺は負けねえ、絶対に負けねえ）

半吉は何度も呟きながら、人通りの絶えた両国橋を渡って下谷長者町の長屋に帰っていった。

三

朝早く田原町を発ち、五つ（午前十時）ごろに藤十郎は巣鴨村の庄屋の家敷を訪れ、離れで、おつゆと会った。

「不便はないか」

藤十郎はおつゆを痛ましげに見て言う。隠れた暮らしが三か月続いている。しかし、おつゆには悲壮感はなかった。

「私はだいじょうぶです。いつか晴れて浅草に戻れる日を祈りながら過ごしていけるのですから」

必ず、戻ることが出来ると信じているのだ。

「年内の辛抱か」

藤十郎はあえてきいた。

「はい」

おつゆは微笑《ほほえ》んだ。

やはり、兄の言葉と符合した。先日、兄藤一郎はこう言ったのだ。

「藤十郎、年内におつゆが見つからねば、おつゆの縁組は消滅しよう。『大和屋』を守るべき手立てを失うことになる。このことをよく考えよ」

だから、早くおつゆを見つけて、譜代大名の次男に嫁ぐように説き伏せよと言っているようでありながら、真意は別のところにあるような気がしていた。

なぜなら、藤十郎がおつゆを匿っていることを知っているはずなのに、藤一郎はそのことに触れようとしない。それに、おつゆが戸坂甚兵衛の屋敷にいると教えてくれたのも藤一郎だったのだ。

藤十郎はある考えに辿《たど》り着いた。

「おつゆ。つかぬことを訊《たず》ねるが、そなたはどのような縁で北町奉行所与力の戸坂甚兵衛どのの屋敷に世話になるようになったのだ?」

「それは……」

「以前にきいたと思うが、そなたははっきり答えてくれなかった。なぜだ?」

おつゆは戸惑いを見せた。

甚兵衛の屋敷におつゆを迎えに行ったときも、藤十郎は甚兵衛に、どういう縁でおつゆが厄介になるようになったのかをきいた。

「どうか、そのことは容赦願いたい。『大和屋』さんに隠し通したいなら、藤十郎どのは知らないほうが。ただ、おつゆさんの身を心から案じているひとから頼まれただけ」

甚兵衛もまた答えようとしなかった。

「兄上ではないのか」

藤十郎はずばりきいた。

「…………」

おつゆは微かにうろたえた。

「やはり、そうなのだな。兄上がそなたを匿った？」

「……はい」

やっとおつゆが認めた。

「兄上は父の手前もあってそなたを匿ったことは言えなかったのだな」

「はい。藤一郎さまはこう仰いました。ともかく年内に縁組が出来なければ、譜代大名の次男も諦めるはずだから、それまで身を隠すようにと」

「そうだったのか」

「年が明けたら、必ずなんとかするからと仰ってくださいました」

父藤右衛門の目を盗み、兄は藤十郎とおつゆのために動いてくれたのだ。

(兄上、感謝いたします)

藤十郎は心の内で呟いた。

「藤十郎さま。どうか、藤一郎さまにご迷惑が及ばぬように……」

おつゆは哀願した。

「わかっている。兄上のお心を無にはせぬ」

藤十郎はきっぱりと言い、

「年が明けるまで半月足らず。もう少しの辛抱だ」

と、おつゆの手をとった。

「はい」

お互いの気持ちを確かめあって、藤十郎は離れを後にした。

昼過ぎに、藤十郎は阿部川町の『太郎兵衛店』にやって来た。

先日、『万屋』に母の形見の櫛を持ち込んできたおくにという女に会いに来たのだ。

長屋の住人におくにの家をきいて、そこに向かいかけたとき、腰高障子が開いて医者が出てきた。

「もし」

藤十郎は木戸口まで戻り、医者を呼び止めた。

「おくにさんのお子の往診ですね」

「そうです」

「いかがですか」

「薬が効いてだいぶよくなりました。このまま回復に向かうでしょう」

「そうですか。それはようございました」

「はい。では」

医者は木戸を出ていった。

藤十郎は改めておくにの家の前に立ち、声をかけて戸を開けた。

「ごめんください」

土間に入る。部屋に布団が敷いてあって子どもが寝ていた。おくにの傍にはもうひとり、幼い女の子が母親にしがみついて座っていた。

「あなたさまは……」

「『万屋』の藤十郎です」

「質草のことで何か」

「いえ、そのことは心配いりません。お子が病気だと聞いて、いかがかと思いまして。今、医者にきいたら、回復に向かっているそうですね」

「はい。いいお薬を呑ませましたら、とたんに熱も引いて……」

「そうですか。安心しました」

「ありがとうございます」

「失礼なことをお伺いしますが、薬代はどのくらいに？」

「五両です」

「五両？　では、私どもで用立てた金をすべて？」

「はい。すべて薬代で消えました」

おくには辛そうに言う。

「それで、今後の暮らしは？」

「仕立ての仕事で細々とやっていきます」

「もし、何か質に入れるものがあったら、遠慮せずにお持ちください」

藤十郎は部屋の中を見回しながら言う。

「いえ」

おくには首を横に振る。

「質草になるようなものは、もう何もありません。それより、この前の五両もお返しできるかどうか……」

「そのことは、期限が来たら話し合いましょう」

「えっ？」

「母上のお形見の大事な櫛ですからね」

「すみません」

「困ったことがあったら、なんでも構いませんから、お店に来てください。じゃあ、私は、これで」

「おじさん。ありがとう」

女の子がぴょこんと頭を下げた。

「ご丁寧に」

藤十郎は微笑んだ。


浅草田原町の『万屋』に帰ったとき、ちょうど吾平が引き上げるところだった。

「藤十郎さま、よかった」

吾平が言う。

「何かあったのですか」

わざわざ訪ねてきたので、気になった。

「いえ。丹次のことです」

「丹次が何か」

「へえ、きのう池之端仲町で見かけました」

「池之端仲町ですか」

「鋳掛け屋の姿でしたが、どうもあの辺りをうろついているようなんです」

「うろついている？」

藤十郎は眉根を寄せた。

「掏摸の獲物を狙っているのではないかと思ったのですが、木綿問屋の『三河屋』の様子を窺《うかが》っているようでもありました」

「木綿問屋の『三河屋』ですか」

「あるいは『三河屋』の客の懐を狙っているのかとも思ったのですが……」

「で、そのときは何もせずに？」

「はい。そのまま、引き上げました。で、気になって、きょうも『三河屋』の近くで張っていたら丹次がやってきて、『三河屋』の様子を窺っているんです。それで、声をかけたら、びっくりしていました」

吾平は苦笑して続ける。

「きのうもいたなときいたら、『三河屋』で鍋・釜の修理の御用がないかと思って様子を窺っていたと言ってました」

「なるほど」

「そう言い訳されたら、こっちも反論出来なかったのですが、ほんとうに鍋・釜の修理の仕事が欲しいのかどうか……」

「仕事が欲しいからと言っても、なぜ『三河屋』だったのか。そのわけが知りたいですね」

「ええ。あっしはどうしても獲物を狙っているように思えてならないんですが。まあ、そんなわけで、一応藤十郎さまにお知らせしておこうと思いまして」

「親分が言うように、獲物を狙っているのかもしれませんが、どうも妙ですね。丹次は五十両を手に入れたはずなんです」

仲間がいて分けたとしてもそれなりの金は持っているはずだ。さらに、掏摸を働かなくてもいいと思うが……。

それとも、もっとまとまった金が必要なのか。

「私も『三河屋』の近くへ出かけて丹次の様子を見てみましょう」

なぜ、『三河屋』なのかわからないが、丹次は掏摸を働こうとしているのだろう。三年ぶりのことで自分の満足いく仕事が出来なかった、そのことに衝撃を受けて、昔の腕を取り戻そうとしているのか。

何度か場数を踏めば、昔の勘が蘇るかもしれない。だが、丹次は三十歳だ。若い頃のようなわけにはいかないはずだ。

それにしても、なぜ『三河屋』なのか。『三河屋』に何かあるのか。

藤十郎は『三河屋』とは行き来がなかったが、『大和屋』とは付き合いがあるはずだ。数年前、『三河屋』に金を貸したことがあったはずだ。

帰ったばかりだったが、藤十郎は再び外へ出た。

田原町から東本願寺前を通り、菊屋橋《きくやばし》を渡ってすぐ新堀川《しんぼりがわ》に沿って入谷のほうに向かう。何者かが尾けてくるのに気づいた。

だが、途中で気配は消えた。諦めたのか。そのまま先に進み、藤十郎は『大和屋』に向かった。

四半刻（三十分）後に、藤十郎は入谷田圃の外れにある『大和屋』の座敷で、兄藤一郎と差向かいになった。

「待たせたな」

藤一郎は急いだ様子でやってきた。

「いえ、お忙しいところを申し訳ございません」

「なに、さる旗本の用人どのが返済の先延ばしの懇願に来たのだ」

「先延ばしにされたのですか」

「そうせざるを得ぬ。旗本・御家人の救済が我らのお役目でもあるからな。ただ、こうも先延ばしを願ってくる姿を見ていると……」

藤一郎ははっとしたように声を止めた。『大和屋』の存在意義の問題に触れることを避けたようだ。

「何か急用か」

藤一郎は話題を変えるようにきく。

「池之端仲町にある『三河屋』をご存じでしょうか」

「『三河屋』には金を貸したことがある。偽物の木綿をつかまされて大損をしたとき、主人の忠右衛門が金を借りに来た」

藤一郎は続ける。

「その金で、『三河屋』は立ち直ることが出来た。その恩義を感じているのか、盆暮れには毎年挨拶に来る。つい先日も暮れの挨拶にやってきた」

「そうでしたか。じつは『三河屋』の主人忠右衛門どのに会ってみたいのですが、何か『大和屋』として用向きはありませんか」

「挨拶の品を頂戴したが、品物を包んでいた風呂敷を置いていった。機会があれば、返そうと思っていた。ならば、返してきてもらってもいいが」

「ぜひ、預からせてください」

藤十郎は頼んだ。

「いいだろう」

藤一郎が手を叩き、女中を呼んだ。

「『三河屋』の忠右衛門どのが置いていった風呂敷をこれへ」

「はい、畏まりました」

いったん女中が引っ込んだ。

「兄上、申し訳ありません」

「『三河屋』に何かあるのか」

藤一郎がきいた。

「ある掏摸がおります。この掏摸が『三河屋』の前を連日うろついているようなのです。『三河屋』に出入りする客を狙っているのか、『三河屋』の者に狙いがあるのか。少し、調べてみたいと思いまして」

「相変わらず、よけいなことに首を突っ込むな」

藤一郎は呆れたように言う。

「恐れ入ります」

廊下の足音が部屋の前で止まった。

「失礼します」

女中の声がした。

「入れ」

藤一郎が言うと、障子が開いて、

「失礼します」

女中が紫の風呂敷を持って入ってきた。

「風呂敷を藤十郎に」

「はい」

藤十郎に顔を向け、

「どうぞ」

と、女中は風呂敷を差し出した。

「かたじけない」

藤十郎は頭を下げた。

女中が引き下がったあと、

「では、これを返しながら忠右衛門どのに挨拶してきます」

藤十郎は風呂敷を手にした。

「忠右衛門はなかなかの好人物だ。ただ、少し頑固なところがあるがな」

「そうですか。お幾つでしょうか」

「四十七、八だろう。忠太郎という跡取り息子がいる。二十四ぐらいかもしれない」

「そうですか。跡取りにも恵まれて、『三河屋』のこの先は明るそうですね」

「忠太郎は少し道楽が過ぎるそうだ」

「道楽というと、博打《ばくち》と女……」

藤十郎は想像してきく。

「吉原だそうだ」

「一時的なものでしょう」

「そうであろうな」

「では、兄上。これを『三河屋』に届けて参ります」

「うむ」

藤一郎は鷹揚《おうよう》に頷いた。

藤十郎はよほどおつゆのことを口にし、助けてもらった礼を言いたかったが、『大和屋』にとっては兄の行為は背信に当たる。この場でその話題を出すことは控えたほうがいい。

藤十郎は兄に挨拶をして屋敷を出た。

屋敷の門を抜けて帰途につく。夕暮れどきとなり、寺町に入ってきたころには辺りは薄暗くなってきた。

寺の塀沿いを歩いていると、前方から浪人笠をかぶった侍がふたり近づいてきた。ふたりとも大柄だ。

ふたりは並んで藤十郎の正面に向かって歩いてくる。藤十郎は殺気を覚えたが、そのままふたりのほうに向かっていった。

ふたりは藤十郎に近づくとさっと左右に別れ、藤十郎をはさむ格好ですれ違おうとした。

殺気が漲《みなぎ》った。左右の侍が同時に剣を抜いて藤十郎に斬りかかってきた。すでに、そのとき藤十郎は前方に逃れていて、ふたりの侍の剣は共に空を斬った。

藤十郎はふたりの前に立った。

「何者だ？」

だが、相手は答えず、ひとりが上段から斬りかかってきた。藤十郎は身を翻して避《よ》け、さらに相手が横一文字にきたのを後ろに飛び退《の》いて、相手の剣を避けた。

もうひとりの侍が上段から斬り込んできたのを、藤十郎は素早く相手の胸元に飛び込み、振り下ろされた剣を持つ腕を下から掴んでひねりながら足をかけて倒した。

「おのれ」

最初の侍が剣を突きだして突進してきた。藤十郎は倒した侍の剣を奪い、迫ってきた剣を弾く。

相手はよろめいた。藤十郎は剣を相手の眼前に突き付けた。

「名を名乗ってもらおう」

「…………」

侍は無言で後退《あとじさ》る。

「浪人のようだが、金で頼まれたのか」

「…………」

「私を万屋藤十郎と知っての狼藉《ろうぜき》か」

相手は口を開こうとしない。

「誰に頼まれた？」

倒れていた侍は起き上がったが、剣は藤十郎の手にある。

「言えないのか」

藤十郎は頷き、

「襲撃に失敗し、依頼人のことまで口にしたら、そなたたちの立つ瀬がないからな。仕方ない。もう二度と私に関わるな。今度襲ってきたら、容赦なく、利き腕を斬り落とす」

はっとしたようにふたりは、逃げようとした。

「待て、忘れ物だ」

藤十郎が投げた剣は浪人の足元で地べたに突き刺さった。

その剣を摑むと、ふたりは薄暗い寺の裏手の雑木林に逃げ込んでいった。藤十郎は憤然と浪人が消えたほうを見つめた。

四

朝、半吉は今日から頼まれていた仕事先に行くために朝餉《あさげ》をとり終え、普請場に出向く支度をはじめた。紺木綿の腹掛けをし、法被《はっぴ》を着て身支度を整えたとき、いきなり腰高障子が開いた。

「ごめんよ」

土間に入ってきたのは、新しい普請場を受け持つ大工の棟梁のところの内弟子だった。

「これから普請場に向かうところですが、なにか」

訝しく思いながら、半吉はきいた。

「親方からの言伝てだ」

「言伝て？」

胸が騒いだ。

「きょうからの仕事は来るに及ばねえそうだ」

「なんですって」

半吉は顔から血の気が引くのがわかった。

「わけは、半吉さん自身がわかっているはずだって言っていた。じゃあ、確かにお伝えしましたぜ」

「待ってくれ」

半吉は呼び止める。

「なんで急にこんなことになったんですか」

「それは……」

「教えてくれ、なんで急に？」

困った顔をしていたが、内弟子も同情したのか、

「昨夜、御数寄屋町の大治郎さんが親方のところに来ていた。それで、うちの親方も……。すまねえな、あとは察してくれ。じゃあ」

半吉は愕然とした。

大治郎が……。御数寄屋町の親方の倅が……。内弟子として入った半吉と同い年でもあり、ともに修業した仲だった。

半吉はいきなり土間に下り、長屋を飛び出した。下谷長者町から御数寄屋町まで目と鼻の先だ。

十八年間過ごした親方の家に飛びこんだ。

「おや、半吉じゃないか」

「内儀さん」

親方の妻女だ。

「どうしたんだね、そんな血相を変えて」

「大治郎さんはいらっしゃいますか」

「いるけど」

内儀は眉根をひそめた。

「呼んでください」

「大きな声だ。聞こえているよ」

奥から仕事着の大治郎が出てきた。親方らしい風格が出てきている。

「大治郎さん。おまえさんだね。棟梁によけいなことを言いふらしているのは……。『相模屋』の旦那に話したのもおまえさんか」

「半吉。ちょっとそこに座れ」

大治郎は勝ち誇ったように半吉に命令する。

半吉は込み上げてくる怒りを必死に抑えながら、板敷きの間に上がって大治郎と向かいあった。

「おっかさんは向こうに行っててくれ」

大治郎が言う。

「そうかえ」

内儀は奥に消えた。

「おまえの言うとおり、俺が話した。だが、おまえを貶《おとし》めようとしたわけじゃない」

「何を言いやがる。俺から仕事を取り上げやがって」

「聞けよ」

大治郎が眉根を寄せ、

「これは『三河屋』の旦那に頼まれてのことだ」

「『三河屋』の旦那に頼まれただと？」

「そうだ」

「信じられねえ。あの旦那が俺をここまで虚仮《こけ》にするなんて」

「半吉、誤解するんじゃねえ。これもおまえのためを思ってだ」

「俺のため？」

ふざけるなと、怒鳴りたかった。

「旦那はいまでもおめえが改心して立ち直ってくれることを願っているのだ」

「改心……」

「そうだ。旦那はおめえが立ち直るためには、自分の過ちを素直に認めなければだめだと仰っている」

「…………」

「わかるか、半吉。このまま、おめえが他で仕事を続けても決しておめえのためにならない。罪の意識が残っていれば大成はしない。おめえがまずしなければならないのは、罪を認めて『三河屋』の旦那に、自分が悪うございましたと謝ることだ。そしたら、旦那はおめえの立ち直りのために労力は惜しまないと仰っているんだ」

　半吉は体が震えてきた。

「おめえが素直に罪を認めて謝るなら、俺もいっしょについていって旦那に……」

「俺はやってねえ。やってねえものをやったとは言えねえ」

　半吉は眉をつり上げた。

「『三河屋』の旦那や他の連中が間違っているんだ」

「半吉」

　大治郎は顔をしかめた。

「なぜ、そんなに依怙地《いこじ》になるんだ？」

「依怙地だって。冗談じゃねえ。依怙地なんかじゃねえ。俺は盗んでないんだ」

「だったら、誰が盗んだって言うんだ？」

「………」

「ほれ、見ろ。誰もいやしねえ」

「いや、いる」

半吉は弾みで口にした。

「誰だ？」

大治郎は厳しい顔になって問い詰める。

「それは……」

「なんでえ、口から出まかせか」

「違う」

「じゃあ、誰だ？　口に出せねえなら、出まかせと同じだ」

「証がねえから……」

そして、半吉は思い切って口にした。

「若旦那だ」

「若旦那？」

「そうだ。若旦那ならあの部屋に自由に入れる」

「振舞い酒の席に、若旦那が駆けつけてきて五十両の紛失を旦那に知らせたんだ。他の者には気づかれないように、ふたりは席を立ったが、俺はその場にいて、その様子から何かあったと思った。いいか、若旦那が最初に気づいて知らせたんだ。若旦那が盗んだのなら、なぜわざわざ知らせに来たんだ。黙っていたほうがいいはずだ」

「自分への疑いを逸らすためかもしれねえ」

「若旦那がそんなことをするはずねえだろう。小遣いには不自由していないはずだ」

「吉原の花魁《おいらん》に入れ揚げているって噂じゃねえか」

「おもしろおかしく噂が飛び交っているようだが、実際はそれほどでもないようだぜ」

　大治郎は冷たい目で、

「おめえは盗んだのは自分じゃねえと言っていたな。仮に若旦那を問い詰めても、同じだ。俺が盗んだりするはずはないと答えるに決まっている。端《はた》のものはどっちを信じると思うんだ」

「…………」

「半吉。よく考えろ」

　大治郎は半吉に顔を近づけ、

「このままじゃ、おめえは仕事を失う。大工としてもやっていけなくなる。そしたら、明日の暮らしにも困るようになるんだ」

「…………」

「おめえが自分はやっていないというなら、それはそれでいい。だが、暮らしを守るためにも、ここは自分を捨てて『三河屋』の旦那に謝りに行くんだ。私が出来心でつい手を出してしまいましたと」

「ばかな」

「聞け」

大治郎は怒鳴って続ける。

「『三河屋』の旦那だって、床の間の隠し棚とはいえ、掃除のときならすぐ目につくような場所に五十両を置きっぱなしにしておいた自分が悪いのだと仰っている。だから、おめえが素直に詫びれば一切をよしとし、この一件はなかったことにしようとしてなさるんだ」

「………」

半吉は俯いたまま拳を握りしめた。

「盗んでもいねえのに、自分がやりましたと言うなんて、おめえには堪えられないだろう。だが、食っていくためだ。大工を続けるためだ。ここは、嘘でも詫びを入れるんだ。そしたら、旦那は今までどおりに出入りも許してくれる。寛吉親方や他の親方衆も仕事をくれるはずだ」

半吉は声が出なかった。

「半吉。おめえにその気があるなら、俺がついて行ってやるぜ。そして、いっしょに

『三河屋』の旦那に謝ってやる。どうだ」

「大治郎さん」

　半吉は顔を上げた。

「そこまで親身になってくれてありがてえと思っている。でも、やっていないものをやったなんて……」

「生きていくためだ。このままじゃ、じり貧だ。食っていくためにはなんだってやる覚悟が必要だ」

「………」

「半吉、俺とおめえはずっと兄弟のように育ち、そして大工の修業をしてきた。そのおめえがこのまま消えていくのを見ていたくねえんだ。『三河屋』の旦那もいまだにおめえのことを気にしていなさる」

「……わかった。少し考えさせてくれ」

　半吉はやっと答えた。

「そうかい。よく考えるんだな。ただ、このことだけは肝に銘じておけ。このままじゃ、大工を続けられなくなるってな。いけねえ。普請場に急がなくては」

　大治郎は立ち上がり、

「半吉、待ってるぜ」

大治郎は半吉の前から離れた。

半吉はよろけるように立ち上がって土間に下りた。

親方の家を出て、下谷広小路のほうに歩いていく。

大治郎の言うことはいちいちもっともだった。現実を見れば、不本意でも罪を認めて、『三河屋』の旦那に詫びを入れれば、また大工としてやっていけるかもしれない。だが、この先、ずっと五十両を盗んだ男だということがついてまわる。そのあとで、いくら否定しようが、もう誰も信じてはくれまい。いや、今だってそうだ。半吉の訴えを誰も信じてくれないではないか。

下谷広小路を突っ切ろうとしたとき、

「半吉さん」

御成道からやってきた鞴や鍋・釜を下げた男に声をかけられた。

「おまえさんは?」

「五十両預けた者だ」

半吉は男の姿を見て、思い出した。

「その格好は?」

と、不思議に思ってきいた。

「今の俺の本業だ」

男は答えてから、

「なんだか元気がなさそうだが、やはり例の件が……？」

「そうだ。あんたは、お天道さまがきっと見ていると言ってたが、どうも俺のことは見てくれねえようだ」

「まだ、何か」

「あれから、他の仕事先でも出入りを差し止めになった」

「ちょっと向こうに」

男は武家屋敷の裏塀のそばまで半吉を誘い、

「詳しい話を聞かせてくれ」

と、切り出した。

「話しても無駄だ」

「この前も言ったが、自棄になっちゃいけねえ」

「でも、何もかも失おうとしているんだ。大工としてやっていけなければ、俺の人生もおしめえだ」

「盗っ人の話が方々に伝わって、仕事先からも締め出されたってわけか」

「そういうことだ」

半吉はため息をつき、

「ただ、ひとつだけ生き延びる道がある」

と、口にした。

「なんだ？」

「罪を認めて、『三河屋』の旦那に詫びを入れることだ」

半吉は大治郎から聞いた話をした。

「ちっ」

聞き終えた男はいまいましげに舌打ちした。

「やってもいねえ罪を認めろなんて……」

「そんなこと出来ねえ。だが、そうしねえと、俺は首をくらなきゃならなくなる」

「じゃあ、罪を認めるのか」

「出来ねえ。やってもいねえのにやったなんて……」

「じゃあ、どうするんだ？」

「わからねえ。どうしていいかわからねえんだ」

半吉は拳を握りしめた。

「ほんとうの盗っ人を見つけるしかねえな」

男は真顔で言う。

「今さら、無理だ。もう何日も前のことだし、『三河屋』の中で起こったことだ。町方に訴えたって、真相が明らかになるはずはねえ。それより、やっぱり俺がやったってことになるのがオチだ」

「町方なんかに頼らねえ。自分たちでやるんだ」

「そんなこと出来るはずねえ」

「やってみなきゃわかるまい。おまえさんから見て、怪しいと思う奴はいるか」

「いる」

「誰だ？」

「若旦那の忠太郎だ」

半吉はとうとう口にした。

「あの男だな」

「知っているのか」

「ああ、一度見かけた」

「見かけた？」

「じつはな最近、『三河屋』の連中の様子を探っているんだ。五十両取り返すためにな」

「取り返す？」

「『三河屋』の旦那の忠右衛門、内儀、忠太郎の三人の動きを調べていたんだ。忠太郎が疑わしいなら、忠太郎一本に絞ってもいい」

「どうするんだ？」

「まず、忠太郎を狙う。それから忠太郎がどう出るか。もし、忠太郎が盗っ人だったら、金がなくなればまた何かするかもしれねえ」

男は厳しい顔で言った。

「そんなうまくいくのか」

「うまくいくかいかねえか、やってみなきゃわからねえ。だが、あとで俺とおめえが組んでいたと思われちゃ、おめえも困るだろう。きょうでおめえとは縁切りだ。顔を合わせても、他人だ。いいな」

「あんたの名前は？」

「他人だ。知る必要はない。きっと、おめえの名誉を取り返してやる。だから、自棄にならず、今はじっと堪えるのだ」

「わかった」

「じゃあな」

男は鋳掛け屋の姿で、下谷広小路に入り、池之端仲町のほうに向かっていった。

また男から勇気と希望をもらったような気がして、半吉は男の去ったほうに向かって頭を下げていた。

五

昼下がり、柔らかい陽光が『三河屋』の店先を照らしている。出入りする客も多い。その客に混じって、藤十郎は土間に入った。

「いらっしゃいませ」

四角い顔の番頭が近づいてきた。

「私は『大和屋』の藤十郎と申します。忠右衛門どのにお会いしたいのですが」

「『大和屋』さんで。少々、お待ちください」

番頭は近くにいた小僧に耳打ちし、小僧が奥に向かったあと、

「すぐ参ると思います」

と、藤十郎に告げた。

しばらくして小僧が戻ってきて、何ごとか番頭に告げる。

「お待たせいたしました。どうぞ」

番頭は、藤十郎を店の隣の小部屋に通した。

「どうぞ、お待ちを」

番頭が下がり、小部屋で、少し待っていると、ようやく忠右衛門がやってきた。

部屋に入って、藤十郎の顔を見るなり、あっと声を上げた。

「もしや、藤一郎さまの……」

「弟の藤十郎と申します」

「失礼いたしました。ここではなく、別の部屋を……」

忠右衛門はあわてて言う。

「いえ、こちらで結構です」

「でも」

忠右衛門は腰を上げそうになったので、

「どうぞ、お気遣いなく」

と、藤十郎は声をかける。

『大和屋』の番頭がやってきたと思っていたのかもしれない。藤一郎の弟なら奥の客間に通すべきだと思ったのであろう。

「そうですか。失礼をいたしました」

忠右衛門は腰を下ろし、頭を下げた。

「私は『大和屋』の本家ではなく、浅草田原町で『万屋』という質屋をやっています。きのう、兄を訪ねたところ、この風呂敷の話になりまして」

藤十郎は風呂敷を返した。

「わざわざ、痛み入ります」

「兄からもよろしくと言付《ことづ》かってまいりました」

「恐れ入ります。『大和屋』さんには困ったときに助けていただいて感謝しております」

忠右衛門は品があって、実直そうな印象だった。このような男なら、直截《ちょくせつ》の話をしてもわかってもらえるような気がした。

「つかぬことをお伺いしますが、最近、何か変わったことはございませんでしたか」

藤十郎は切り出した。

「変わったことですか」

忠右衛門の顔色が心なしか変わったようだ。

「何か」

藤十郎は問い掛けた。

「それより、なぜ、そのようなことを？」

忠右衛門が不安そうにきいた。

「ちょっと気になる話を聞いたものですから。いえ、なんでもないのかもしれません。ですから大仰にならないように、こうしてこっそりお訪ねしたわけです」

「気になる話とはなんでしょうか」

「何者かが『三河屋』さんの様子を窺っているらしいというのです」

「様子……」

忠右衛門ははっとしたようになった。

「何か心当たりが？」

「はい。特に何かあったわけではないのですが……」

忠右衛門は戸惑いぎみに、

「ここ数日、外出のたびに誰かにあとを尾けられているような気がしていまして」

と、打ち明けた。

「何かされたことは？」

「いえ、それはありません。ただ」

忠右衛門は半拍の間を置き、

「私の家内も、倅も同じようなことを申していました」

「あとを尾けられているということですか」

「そうです。倅も外出のとき、ずっと尾けてくる男がいたと。正体を突き止めようとしたが、すぐ逃げられたそうです」

丹次だろうか。それにしても、丹次はなぜ、『三河屋』の者に狙いを定めているのか。

「三河屋さん、何か思い当たることはございませんか」

「いえ」

忠右衛門は首を横に振った。

「逆恨みを買うようなことは？」

「ありません」

ふと思い出して、藤十郎は、

「新黒門町に『京福堂』という茶道具屋がありますね」

「ええ」

「『京福堂』さんとは親しいのですか」

「いえ。私どもには茶の湯の嗜《たしな》みがございませんので、ご縁はありません」

「そうですか。では、庄内藩早瀬家のお方はこちらのお店にお出入りなさいますか」

「はい。いらっしゃいます」

「真木陽一郎というお侍をご存じですか」

「いえ」

「では、水島三之助と高井哲之進というお侍は？」

「いえ、存じ上げません」

ほんとうに知らないようだ。

「どういうことなのでしょうか。『京福堂』さんや早瀬家のお方のことが、何か『三河屋』に関係していると……」

忠右衛門は不安そうにきいた。

「いえ、そうではありません。ただ、そちらのほうでちょっとした出来事があったもので、念のためにお訊ねしただけです」

「何があったのでしょうか」

「じつは……」

藤十郎が話しだそうとしたとき、店のほうから大声が聞こえた。藤十郎は声を止めた。

忠右衛門も聞き耳を立てた。

また、怒声が聞こえた。

「何かあったようですね」

藤十郎が言うと、

「旦那さま」

襖の外から声がかかった。

「失礼します」

忠右衛門は立ち上がって襖を開けた。

「どうした？」

「はい。お客さまのお武家さまが騒ぎだしまして」

「何があったのだ？」

「はい。風呂敷に反物を隠して店を出ていこうとしたので手代が声をかけたところ、これはよそで買ったものだ、万引きだと疑われ、名誉を傷つけられたと騒ぎ出し、主人を出せと……」

番頭は声を上擦らせている。

「そうか、ともかく、店先で騒がれたら他のお客さまに迷惑になる。奥に通すのです」

「三河屋さん」

藤十郎が声をかけた。

「どうも、古手《ふるて》の言いがかりのようですね。私に任せていただけませんか」

「万屋さんに？」

忠右衛門は不安そうに、

「だいじょうぶでしょうか」

「ともかく、そのお武家に会ってみます」

藤十郎は店に向かった。

店の座敷に、三十前後の侍と同い年ぐらいの中間《ちゆうげん》ふうの男が悠然と座っていた。他の客は離れた場所に座っている。

藤十郎はふたりの前に出ていった。

「おまえが主人か」

中間ふうの男が口元を歪めてきいた。

「いえ。今、主人は同心の旦那を呼びに行きました」

「同心だと？」

中間の目が泳いだ。

「はい。ついさっきまでお見えでしたので、そう遠くには行っていないはずです。すぐ参ります。それまで、私がおふたりのお相手をするようにと頼まれました」

「………」

「同心の旦那が言うには、他の反物問屋から反物が一反万引きされたそうです。なんでも、最近は反物の万引きが横行しているようです。もし、他の店の反物を持って店に入ってきた客がいたら引き止めておけという頼みでした」

「わしらが万引きをしたと言うのか」

侍が眦を決して凄《すご》んだ。

「いえ、そうではありません。ただ、同心の旦那から、他の店で買った反物を持って、別の店に入っていくことはふつうの客はしない。だから、そういう客が来たら、詮議するから必ず知らせろとのお達し」

ふたりが浮足立っているのがわかる。

藤十郎はふたりにさらに近づき、

「逃げるなら今のうちですよ」

と、囁《ささや》く。

「同心の旦那がやってきたら、ちと面倒ですよ。主家の名前もきかれましょう。あとは私が『三河屋』さんにはうまく話しておきます。さあ、逃げるなら早いほうが」

藤十郎は不安を煽《あお》る。

「我らにはやましいところはない。逃げる必要はない」

侍は強がってみせる。

「それなら結構でございます。もう、そろそろ駆けつけるはずですが。ひょっとして、お客さんがお侍さんなので応援を頼んでいるのかもしれません」

「助っ人……」

「手向かうと思っているのかもしれません。ところで、あなたは、丹次という男を御存じですね」

「知らぬ」

「そうですか。それなら安心しました。もし、つながりがあるとしたら……。いえ、関係ないなら問題はありません」

ふたりがもぞもぞしだした。明らかに狼狽《ろうばい》している。やはり、丹次に頼まれてこんな騒ぎを起こそうとしたのではないか。

「急用を思い出したゆえ、引き上げる」

「そうですか。あとはうまくやっておきますので……」

ふたりは土間に下り、逃げるように出ていった。

番頭が近づいてきて、

「あわてて引き上げて行きましたが、いったいどうして？」

「主人は同心を呼びに行っていると言ったら、急に怖じ気づいたようでした」

「では、やはり、強請りで？」

「まあ、そのようなものです」

忠右衛門が出てきて、

「ありがとうございます」

と、頭を下げた。

「仕返しに来ないでしょうか」

番頭が懸念を口にする。

「だいじょうぶでしょう。あの侍は本物ではありません」

「えっ？」

「刀も竹光です。ひとから金をだまし取るのを生業《なりわい》としている輩でしょう。失敗したところに改めてやってくるような連中ではありません」

「そうですか」

忠右衛門は安心したように、

「とんだことで、話が中断してしまいました」

と、苦笑した。

「また、改めて参ります」

藤十郎は邪魔が入ったが、他にきくこともなかったので、引き上げることにした。

「何かあったらお知らせください」

藤十郎は『三河屋』をあとにした。

それにしても、丹次はなんのためにこのような真似をしたのか。考えたが、答えは思い浮かばなかった。

夕方になって、藤十郎は浅草山之宿町の大川べりにある料理屋『川藤』に行き、亭主の吉蔵と会った。

「おつゆさん、お元気でしたか」

吉蔵がきいた。

「元気だ」

「ようございました」

「おつゆが戸坂甚兵衛どのの屋敷に匿われた経緯がわかった」

藤十郎は口にした。

「えっ、どういうご縁で？」

「兄上だ」

「藤一郎さま？」

「兄上は口では私に、おつゆを説き伏せよと強く言いながら、おつゆをこっそり守ってくれたのだ。私が知ると、父に勘づかれると思って、おつゆにも戸坂甚兵衛どのにも口止めをしていた」

「そうだったのですか。藤一郎さまが……」

「兄は父を裏切ったことになる。兄の気持ちを思うと、胸が痛む」

「で、いつまで、おつゆさんを巣鴨に？」

「年内いっぱいだ」

「年内ならもうじきですね」

「譜代大名の次男から、年内におつゆが見つからなければ縁組はなかったものとすると言われているようだ」

「でも、譜代大名の次男との縁組はなくなっても、藤右衛門さまはおふたりのことをお許しなされないのでは？」

吉蔵は表情を曇らせる。

「であろうな」

おつゆと譜代大名の次男との縁組には、『大和屋』の存亡がかかっていた。兄藤一郎はそのことを強調しながら、それに反する行動をとったのは藤十郎のためを思っただけではあるまい。

おそらく、兄上は……。それ以上のことを考えるのは辛かった。

だが、兄上が『大和屋』の使命が終わった、あるいはもう終えてもいいと考えるようになったのには、大坂の豪商鴻池《こうのいけ》が江戸進出を諦めたことも影響しているかもしれない。

鴻池は酒造業からはじまり海運にも手を伸ばし、さらに両替商にもなり、巨万の富を得た。

その金に困窮した大名たちは群がった。全国の半分近い大名が鴻池から金を借りていると言われている。

鴻池は金を貸した大名家に自分のところの番頭を派遣し、大名家の人事やまつりごとにまで介入するようになっている。また、親族の娘を若君の嫁に送り出してもいる。そこに、裏鴻池の企みがあった。鴻池は財力でもって、実質的に武家を支配しようとしていた。

さらに、裏鴻池は江戸進出を企て、窮する旗本・御家人に金を貸し、直参たちも実質支配しようとした。豊富な財力によって幕臣を屈服させようとしたのだ。

だが、江戸には『大和屋』がいた。札差から相手にされなくなった旗本・御家人に金を貸し出し、救済する役目を担っているのが『大和屋』だ。

鴻池の江戸進出に『大和屋』が障碍《しようがい》となると知ると、鴻池は『大和屋』と縁を結ぼうと考え、鴻池の娘と藤十郎を結びつけようとした。だが、藤十郎はわざわざ大坂まで出向き、鴻池の内部紛争を解決に導き、そして江戸進出の野望を挫《くじ》いたのだ。

鴻池の影に脅えることがなくなったことで、幕閣のほうにも変化が起こった。困窮する直参を救済する必要はないという意見が強まったのだ。つまり、『大和屋』の役目は終わったという考えが主流を占めるようになった。

その考えをくつがえさせるために、父藤右衛門はおつゆを使おうとしたのだが、兄は父に逆らったのだ。

兄はこの件をどう決着させるつもりなのか。そのことを考えると、藤十郎の気は重かった。

「藤十郎さま」

吉蔵が声をかけた。

「とりあえず、年明けからおつゆさんが住む場所を探しておきましょうか」

「うむ。どうなるかわからぬが、そうしてもらおう」

今年も、あと僅かだ。

第三章　真の盗っ人

一

夜の帳《とばり》がおり、軒行灯に艶かしい明かりが灯った。

半吉は『桃乃井』に向かった。戸口にふたりの女が立っていた。ひとりの女が飛び出してきて、半吉の腕を摑み、

「あたしと遊ばないかえ」

甘ったるい声を出した。

「すまねえな。お新さんに会いに来たんだ」

「そう」

女は顔をしかめたが、すぐに通り掛かった別の男に向かって科《しな》を作った。

半吉は戸口にひとりになったお新のところに近づいていく。

お新はぽかんとしている。

「どうしたんだ、もう忘れたのか」

「ほんとうに来てくれたのね」

お新は信じられないように言う。

「当たり前だ」

「ありがとう」

お新は半吉の手をとって土間に引き入れる。遣り手婆がいらっしゃいと声をかけるのを背中に聞いて梯子段《はしごだん》を上がった。

部屋に入ると、お新がしがみついてきた。

「うれしいわ」

商売女の手練手管だと思っても、半吉は悪い気はしなかった。

「きょうはこの前より顔色がいいわ」

お新は体を離すと、顔を見て言う。

「そうか」

やはり、気持ちは顔に出るものだと、半吉は自分の顔に手をやった。

あの男が『三河屋』の忠太郎に狙いを定めて、盗っ人かどうか調べると言ってくれたのだ。

あの男は『三河屋』に五十両をとられた恨みがある。きっと、忠太郎が盗んだことを明らかにしてくれるだろう。

酒が届いて、ふたりで呑みはじめる。この前のように心が荒れていないので、お新といっしょに呑む酒はうまかった。

お新はいつの間にか半吉に寄り添ってきた。

「よかったわ」

お新が微笑む。

「何がよかったんだ？」

「半吉さんが元気になって。だって、半吉さんの苦しそうな顔を見ていると、私まで胸が塞がれてしまうもの」

「すまなかったな。じつのところ、この前と状況は変わっちゃいねえ。それよか、もっと悪くなっているんだ」

「えっ、そうなんですか」

「うむ。ただ、ほんのちょっぴりだが暗闇に光が射してきた。希望が生まれたんだ」

五十両を盗んだ男がはっきりするかもしれないと思うと、気持ちが弾んでくるのだった。

「それだけじゃねえよ」

半吉はお新の肩に手をまわし、

「俺を元気にしてくれたのはおめえだよ」

「ほんとうに？　うれしいわ」

お新は素直に喜んだ。

「あら、お酒がないわ」

酌をしようとしたが、徳利から数滴漏れただけだ。

「今、もらってきます」

お新は立ち上がった。

半吉は煙草盆《タバコぼん》を引き寄せた。煙管《キセル》を取りだし、刻みを詰める。

あの男の名前を知らない。しかし、周囲の者たち誰も半吉の訴えを信じてくれなかった中で、あの男だけが信じてくれた。その上、忠太郎のことも調べてくれるとまで言ってくれたのだ。

あの男ならきっと何かしてくれる。そんな気がしている。

煙草に火をつけ吸うと久しぶりにゆったりとした気分になれた。

障子が開いて、お新が戻ってきた。

「お待ちどおさま。さあ」

お新が酌をする。

「おめえも」

「あい」

お新も楽しそうだった。

「おめえの国はどこだえ」

煙管の雁首《がんくび》を煙草盆の灰吹《はいふき》に叩いて、半吉はきいた。

答えまで、一瞬の間があった。

「信州よ」

「きいちゃいけなかったか」

「そんなことないわ。ただ、ちょっと国のことを思い出して」

「すまなかったな。思い出させちまって」

「そんなことないわ。ただ、おとっつぁんとおっかさんがどうしているかと思って」

「達者でいるのか」

「ええ……」

「それはよかった」

「半吉さんは？」

「俺は親の顔も知らねえ。爺《じい》さんに生まれたばかりの俺を預けて、おっかさんはどこかに行っちまった。あとは爺さんと暮らしていたけど、七歳のときに大工の親方の内弟子になった。親方が俺の父親代わりだ」

「半吉さん、大工さんなの」

「そうだ」

「すごいわね」

「…………」

「どうかしたの？」

「いや、すまねえ。なんでもない、気にしないでくれ」

半吉は酒を呷った。

半吉の顔色で何かを察したのか、お新はそれ以上、大工の話はしなかった。

「すまねえ」

半吉はもう一度謝った。

「何を謝るの」

「おめえに変に気をつかわせてしまった」

「そんなことないわ。さあ、どうぞ」

お新は酒を勧めた。

「すまねえ」

酌を受けて、

「おめえも」

と、半吉は徳利を摑んだ。

「私、そんなに強くないから」

お新は目の縁をほんのり桜色に染めている。

「お新さん、今夜、泊まっていくぜ」

「ほんとうに？　うれしい」

お新は目を輝かせた

翌朝、お新に見送られて、半吉は『桃乃井』の土間を出た。

「また、来る」

「はい、お気をつけて」

何度か振り返ると、まだお新は早朝の寒い中に立っていた。半吉はそのたびに手を振った。

お新との狂おしいひとときの感触は肌に焼きついている。この腕の中で身悶《みもだ》えするお新がいとおしかった。

北森下町を抜ける。天秤棒《てんびんぼう》を担いだ納豆売りやしじみ売りとすれ違う。

両国橋を渡り、柳原の土手に差しかかったころ、ようやく辺りは明るくなってきた。

早朝はまだ寒かったが、陽《ひ》が射すと少し暖かさが感じられた。もう春が目の前まで近づいているのだ。

俺の疑いだってきっと晴れる。そんな希望をもたらしてくれる陽の温みであった。

下谷長者町の長屋に帰ってきた。職人たちが仕事に出かけるところだった。ふつうなら、俺もこの時刻には大工道具を持って普請場に行くのだが……朝帰りの自分に負い目を感じ、急いで家に入った。

しばらくすると、腰高障子が開いた。

「帰ったか」

声をかけて入って来たのは大家だった。

「大家さん。何か」

思わず、半吉は身構えた。この大家も俺を盗っ人だと決めつけている。

「昨夜《ゆうべ》はどこに泊まったんだ？」

大家は上がり框に腰を下ろしてきいた。

「へえ、ちょっと」

「女か」

「へえ」

「岡場所か。そんな金あるのか」

「貯えを崩しています」

大家が煙草入れを取りだしたので、半吉は煙草盆を大家の前に押しやった。

「表店《おもてだな》に家を構えるための金じゃねえのか」

「そうです」

親方になるには表店に家を構えなければならない。その元手の金を貯めていた。

「大事な金だ。無駄遣いするな」

お新との逢瀬《おうせ》が今の自分にとっては一番大事なことだ。挫けそうになる気持ちを支えてくれているのだ。

だが、反論しても仕方ない。半吉は黙って頷いた。

「大家さん、何か」

半吉は用件をきいた。

「うむ」

大家は煙管に刻みを詰め、火をつけた。

煙を吐いてから、

「じつは昨夜、御数寄屋町の若棟梁がやって来たんだ」

「大治郎さんですかえ」

「そう、大治郎さんだ。ますます、先代の親方に似てきた」

「大家さん。大治郎さんが何を？」

また煙を吐いてから、

「若棟梁はおめえのことを親身になって心配していた」

「…………」

煙管の雁首を灰吹に叩いて灰を落とし、新しい刻みを詰め出した。

「ひょっとして、盗んだことを認めて『三河屋』の旦那に頭を下げに行けと、大家さんから説き伏せて欲しいと……？」

「まあ、そういうことだ」

大家はうまそうに煙草を吸う。

「聞けば、『三河屋』の旦那はおめえのことをかばってくれているそうじゃないか。素直に謝れば、一切を水に流してくれる。そしたら仕事だって……」

「大家さん」

半吉は遮り、

「五十両を盗んだのはあっしじゃないんです。それなのに、謝りに行ったら、ほんとうにあっしが盗っ人ということにされちまいます」

「まだ、そんなことを言っているのか。『三河屋』の旦那の情けがなければ、おめえはお縄になっていたんだぞ。旦那はおめえのためを思ってお役人にも知らせなかったんじゃないか」

「大家さん。お言葉を返すようですが、『三河屋』の旦那が町方に知らせなかったのは体面を考えてのことであって、決してあっしのためじゃありません。あっしにしたら、お役人に調べてもらったほうがどれほどよかったか知れません。ほんとうの盗っ人がはっきりしたかもしれないんですから」

半吉はこれまでの鬱積が爆発したように、

「大家さん。『三河屋』の旦那や若旦那、それに番頭さんたちの勝手な思い込みで、あっしは盗っ人に仕立てられてしまったんです。お役人さんの綿密な調べの末じゃありません。素人の勝手な思い込みで、あっしは盗っ人にされてしまったんです」

「だが、おめえしかいないと、『三河屋』の旦那たちは確信があったんじゃねえのか。第一、おめえが盗んだ五十両を持っていたことが決め手だ」

「ですから、あれはあるひとが……」

大家の冷ややかな目を見て、半吉は口を噤《つぐ》んだ。言っても無駄だ。見知らぬ男が自分に五十両を預けたなど、いくら言っても信用してもらえない。

「見え透いた言い訳をするより、素直に罪を認めて出直すんだ。そうじゃないと、おめえのお先は真っ暗だ」

大家は煙管を仕舞いながら、

「ともかく、よく考えることだ。いいな」

と、立ち上がった。

戸口に向かいかけて、大家は気がついたように振り返った。

「ところで、おめえ、貯えはどのくらいあるんだ?」

「へえ、仕事がなくてもひと月は暮らせます」

だから、自分の心を売ってまで仕事のために『三河屋』の旦那に謝りに行く気はないのだと、半吉は付け加えた。

「じゃあ、ひと月経ったらどうするんだ? 貯えも底を突き、仕事もない。そうなったら、どうするつもりだ。そのときになって、謝りに行ったって遅い」

「謝りには行きません。あっしは何も疚《やま》しいことはしていないんです」

ひと月のうちには必ず真実が明らかになると、半吉は信じていた。

「まあ、頭を冷やしてよく考えるんだな」

大家は渋い顔で引き上げていった。

ひとりになると、ふいに弱気の虫が蠢《うごめ》いてきた。このひと月で、ほんとうに真相が明らかになるだろうか。

あの男は忠太郎に狙いを定め真実を嗅ぎ出すと言っていたが、忠太郎がべらべら喋《しゃべ》るとは思えない。

やはり、あのとき、『三河屋』にいた者たちから事情を聞かなければ真実は摑めない。

あの男にそういうことは出来やしまい。もし、忠太郎から五十両を盗んだという確証を得られなかったら……。

いや、それよりほんとうに忠太郎の仕業だろうか。『三河屋』の旦那たちが半吉を思い込みで疑ったように、半吉もまた思い込みで忠太郎に疑いの目を向けているのではないか

そういえば、あのとき……。半吉はあることを思いだした。

主人忠右衛門夫婦の部屋の掃除を終えたとき、女中が呼びに来た。外で半吉さんを呼んでくれと男のひとが来ていると。

その男は『相模屋』の手代と名乗って、早く『相模屋』に顔を出すように促したのだ。しかし、『相模屋』に行くと、旦那は早かったなと言った。

自分で呼び出しておいて、面と向かってはそのようなことをおくびにも出さない。そういうことだと思い込んでいたが……。

そもそも、『相模屋』の手代の中に呼びにきた男はいただろうか。

半吉は立ち上がった。

半刻（一時間）後、半吉は神田須田町にある『相模屋』の前に来ていた。

二度とうちの敷居を跨がせないと激しく言った惣兵衛の言葉が蘇ったが、半吉は勇を鼓して店先に立った。

「番頭さん」

顔なじみの番頭に声をかける。

「おや、おまえさんは？」

番頭が顔をしかめる。

「へえ、半吉です。どうか、旦那さまに……」

「出来ないね。旦那からは、おまえさんは出入り差し止めにしたからって言われているんだ。すまないが、帰っておくんなさい」

「ひとつだけ、お訊ねしたいことがあるだけなんです。どうか、僅かでも……」

「どうか、お引き上げを」

番頭はあとは半吉を無視し、店の奥に引っ込んだ。他の手代たちも半吉を振り向きもせずに立ち働いている。

「もし」

声をかけたが、皆、忙しそうに行き過ぎていく。

半吉は店で働く奉公人を見ていたが、煤払いの日に半吉を呼びにきた『相模屋』の手代と名乗った男は見当たらなかった。二十四、五ののっぺりした顔の男だ。

いったいあの男は誰だったのか。半吉は五十両を盗んだ男が忠太郎だったかどうか、その確信も揺らいでいた。

二

昼前、『万屋』に真木陽一郎がやってきた。

藤十郎は客間に通し、話を聞いた。

「茶道具屋の『京福堂』に行って話を聞いてきました。あの茶碗はさる大店の主人が手放したものだというだけで、その主人の名前は教えてもらえませんでした。ただ、その主人は、代金の五十両は直にもらいたいので十三日の夜に取りに行くということだったので、京福堂は用人どのにそのように告げたということです」

「品物はいつ早瀬家に？」

「十三日の夜に代金を支払うと同時に、私が品物を受け取って、その夜のうちに用人どのにお渡しすることになっていたのです」

「『京福堂』の主人はあなたが五十両を届けることを知っていたのですね」

「はい。用人どのは真木陽一郎という者が金を持参するので、品物をその者に渡すように告げていたようです」

「十三日の夜というのは、いつ決まったのかききましたか」

「いえ。ただ、私が十三日の夜に『京福堂』に行くように頼まれたのは十日でした。ですから、そのころに、用人どのと京福堂は話がついていたのだと思います」

「水島三之助どのと高井哲之進どのが、そのことを知ったのはいつですか」

「やはり、十日です。用人どのがふたりに付き添うようにと言いましたから」

「すると、十三日の夜に、あなたが五十両を持って新黒門町まで行くことを知っていたのはご用人どの以外に、水島三之助どのと高井哲之進どの、そして『京福堂』の主人に奉公人……。さらに言えば、品物の売り手の大店の主人ということになりますね」

「水島三之助と高井哲之進は私の友人です。ふたりに借金などなく、掏摸を使って五十両を盗まなければならない状況にはありません。それに掏摸に知り合いなんかいるはずもありません」

陽一郎はむきになって否定する。

「そうですね」

藤十郎は首を傾げた。

するると残るは『京福堂』の主人か奉公人、そして品物の持ち主の大店の主人だが……。

「万屋どの。ほんとうに掏摸は私が五十両を持っているのを知っていたのでしょうか」

「掏摸が近づいてきたときのことを思い出してください。掏摸はなぜ、あなたに近づいたのか。偶然だったのか」

「………」

陽一郎は考え込んだ。

「いかがですか」

「わかりません。ただ、掏摸は迷ったりしていなかったようです」

「偶然ではないとすると、掏摸ははじめから、あなたの顔を知っていたことになりますね」

「顔を……」

「『京福堂』の主人はあなたを知っているのですか」

「ときどき、頼まれて『京福堂』には行きますので。だから、今回も私が使いを頼まれたのです」

「なるほど」

「万屋どの。私の懐は最初から狙われていたのでしょうか」

「そう考えたほうがいいように思えるのです」

藤十郎は答えてから、

「私が引っ掛かるのは、なぜ取引が夜なのかということです。品物の持ち主である大店の主人の意向のようですが……」

ふと、藤十郎は思いついた。

「失礼なことをお伺いいたしますが、水島三之助どのと高井哲之進どのはお金に困っていないということでしたが、狙いはお金ではないということはありませんか」

「どういうことでしょうか」

「もし、五十両の工面がつかなかったら、あなたにどのような責任がかかりましたか」

「わかりません」

陽一郎はため息混じりに言い、

「ただ、私は腹を切ってお詫びをするつもりでした」

「金を紛失したら、あなたの性分からいって、そうするだろうと、おふた方は知っていたのでしょうか」

「………万屋さん。まさか、あなたは……」

「真相を突き止めるために、考えられることをすべて潰しておこうとしているのです。決して、おふた方を疑っているわけではありません」

藤十郎は陽一郎を諭すように、

「こういうことはないと思いますが、もし、あなたが腹を切るか、あるいは家中での立場が悪くなったとき、おふた方のうち、どちらかが利益を得るようなことは考えられますか」

「そんなことはありません。我らは竹馬の友です。そんなことは……」

陽一郎は言いよどんだ。

陽一郎の表情が少し強張る。

「何か」

「そんなことはありません」

陽一郎は強い口調で言い、

「用事を思い出しましたので、私はこれで」

と、立ち上がった。

「ちょっとお待ちを」

と呼び止め、

「『京福堂』の主人にいろいろきいてみたいことがあるのです。質屋として、あなたのことを話して構いませんか」

「ええ。事情は話してありますから。失礼します」

陽一郎は逃げるように引き上げていった。何か気づいたようだが、いったい何を。陽一郎の落ち度によって、ふたりのうちいずれかが得する何かがあるのだろうか。

昼過ぎ、藤十郎は新黒門町の茶道具屋『京福堂』を訪れた。

店の座敷の壁際に、茶碗やなつめなどが飾られている。

座敷に品よく座っている年寄りに声をかける。

「私は浅草田原町で『万屋』という質屋をやっております藤十郎と申します。ご主人はおられますか？」

「私が京福堂為右衛門《ためえもん》です」

年寄りは穏やかに答えた。

「じつは、庄内藩早瀬家の真木陽一郎どのに関わることで」

京福堂の表情が少し曇った。

「やはり、真木さまがお金を借りに行かれた……。どうぞ、お上がりください」

京福堂は番頭に店番を託し、藤十郎を伴い、奥の座敷に入った。

差向かいになってから、

「この十三日の夜、真木どのは五十両を持ってこちらに向かう途中、掏摸に遭ったのですが、ご存じですか」

藤十郎は切り出した。

「はい。あの夜、真木さまは約束の刻限に大幅に遅れてやってきました。手違いがあって、五十両は明日の夕方までに持ってくる。そう血相を変えて申されました」

京福堂は続ける。

「それでは約束が違うので、この取引はなかったことにしようとしましたら、真木さまがじつは金を掏られたと仰いました。明日まで待ってくれと必死に頼まれるので、奥に控えていた品物の持ち主に相談したところ、そういう事情なら待つと仰っていただけたので、翌日の夕方にということになったのです」

京福堂は一拍の間を置き、

「まさかとは思いましたが、真木さまは翌日、五十両を持参されました。わけをきいたら、『万屋』さんが助けてくれたと仰っていたのです」

「なるほど。そういうことだったのですね」

藤十郎は合点しながら、

「ところで、どういう経緯で早瀬家にその品物の仲介を？」

「ご用人どのからその品物を所望されていました。あいにく、私どもの手元になく、ある大店の旦那がお持ちでした。それで念のために確かめたら譲ってもよいということで、お話をさせていただきました」

「なぜ、取引は十三日の夜になったのですか」

「それは旦那のほうの都合でして」

「どんな都合なのか、ご存じですか」

「いえ。知りません」

京福堂は即座に返した。あまりに早い返事にかえって知っていながら隠しているような気がした。

もっとも十三日の夜が特に重要だとは思えなかった。掏摸を働くなら、昼間でも構わないからだ。

やはり、商家の主人のほうの都合なのであろう。

「ところで、五十両を持参するのが真木陽一郎どのであることは聞いておられたのですね」

「ご用人どのからお聞きしていました」

「真木どのとは以前にもお会いしたことは？」

「あります。何度か使いでお見えでしたから」

「真木どのがお金を持ってくることを知っているのは他にどなたが？　たとえば、大店のご主人は？」

「真木さまというお侍が持ってくることは知っていましたが、旦那は真木さまのお顔まではは知りません」

「そうですか」

藤十郎は、かつて丹次が凄腕の掏摸だったことを思いだした。丹次ほどの掏摸なら、三人の侍のうち、誰が五十両を持っているか、外見からでもわかるのではないか。もし、そうなら、真木陽一郎の顔はわからずともよいことになる。

「万屋さん。何を調べていらっしゃるのですか」

京福堂は眉根を寄せた。

「掏摸がはじめから真木どのの懐を狙っていたのか、たまたま掏摸を働いたら相手が五十両を持っていたのか」

「…………」

「京福堂さん」

藤十郎は口調を改めて、

「その大店のご主人の名前を教えていただけませんか」

「それは出来ません」

京福堂はきっぱりと断った。

「どういうわけでしょうか。大店のご主人はその品物を売ったことを秘密にしたい理由《わけ》でもあるのでしょうか」

「詳しい事情はわかりませんが、いろいろおありのようで……」

京福堂は言葉を濁した。

「決して、そのお方に迷惑はおかけしません。どうか、教えていただけませんか」

「ご勘弁ください。固く口止めされておりますので」

京福堂は頑《かたく》なに拒んだ。

「そうですか。わかりました」

藤十郎は引き下がるしかなかった。

その後も、いくつか訊ねてみたが、手掛かりになるようなものはつかめず、藤十郎は『京福堂』を辞去した。


田原町の『万屋』に帰ってくる途中、俯き加減に歩いてくる女とすれ違った。阿部川町の『太郎兵衛店』に住むおくにだ。藤十郎に気づかずに去っていった。

新たに金が必要になって、質草を持って『万屋』を訪ねたのだろうか。そう思いながら店に入っていくと、敏八が狐《きつね》につままれたような顔をしていた。

「どうした？」

声をかけると、敏八ははっとしたように、

「お帰りなさいませ」

と、あわてて言った。

「どうした、なんだか驚いているようだが？」

「それが今、阿部川町のおくにさんがやってきました」

「そうか。今すれ違ったので、ここに来たのかとは思っていたが、やはりそうだったのか。で、今度はいくらを？」

「いえ、そうじゃないんです」

「そうじゃない？　どういうことなんだね」

「それが、あの櫛を請け出しに来たのです」

「請け出しに？」

藤十郎は耳を疑った。

「五両を持ってきたと言うのか」

「はい。質入れした櫛を持って帰りました。僅か数日で、五両が出来るなんて……」

昨日、長屋を訊ねたが、慎ましげな暮らしぶりであった。仕立ての仕事で細々とやっているると言っていた。

何か困ったら、店に来るように言ったが、おくには「質草になるようなものは、もう何もありません。それより、この前の五両もお返しできるかどうか……」と悲しそうに言っていたのだ。

そのおくにが五両の金を作った。今後の暮らしを考えたら、それ以上の金を手に入れたのではないか。

「まさか、とんでもない高利貸しから金を借りたんじゃないでしょうね」

敏八が心配して言う。

「いや、高利貸しから借りてまで、櫛を請け出しには来まい」

「では」

「気になる。行ってくる」

藤十郎は店を出た。

考えられるのは、おくにが誰か金持ちの世話になることを了承したということだ。望んでのことなら、それは構わない。

だが、『万屋』に櫛を持ち込んだのは、誰かの世話になるという気持ちがなかったからだろう。

急に気持ちが変わったのか。子どもの薬代にもっと金がかかることがわかったからか。それで、子どものためを思い自分を捨てた。藤十郎はそんなことを考えながら、新堀川を渡り、阿部川町にやって来た。

長屋木戸をくぐり、おくにの家の前に立った。中の様子を窺い、戸に手をかける。

「ごめんくださ い」

戸を開けて、藤十郎は部屋の中を見た。

男の子は布団の上に起きていて、そばにおくにがいた。

「あっ、どうも」

おくにが藤十郎に頭を下げる。

「ちょっとよろしいですか」

「はい、どうぞ」

おくには近よってきた。

「お子さん、だいぶよくなったようですね」

「はい。おかげさまで。薬が効いたようです」

笑みが漏れた。

「ところで、櫛を請け出したそうですね」

「はい。母の形見でしたので、どうしても肌身離さずにおきたいと思いまして」

「失礼ですが、お金はどうなさったのですか」

藤十郎ははっきりきいた。

「それは……」

「すみません。余計なお世話かもしれませんが、もしやあなたが意に染まぬことでお金を得たのだとしたらと、気になりまして」

「いえ、そうじゃないんです」

おくには首を横に振った。

「詮索するつもりはないのですが、よろしかったら事情をお聞かせ願えませんか」

「………」

「いえ、無理にではありません」

「あるお方からお借りしたのです。決して、自分を犠牲にしたりはしていません」

「そうですか。そのお方というのは？」

「すみません。誰にも言わないでくれと頼まれているんです。申し訳ありませんが、そのお方のことはお許しください」

「わかりました」

藤十郎は金を貸してくれたお方のことを詳しくきいてみたかったが、子どもの前でもあるし、これ以上は問いかけを遠慮した。

「もし、今後困ったことがあったら、遠慮なく『万屋』をお訪ねください」

「ありがとうございます」

藤十郎は長屋を出てからも、金を貸してくれた相手のことが気になった。はじめから持っていたものなら、おくにが質入れに来る前にお金を融通したと思うからだ。相手はどうやって金を工面したのか。おくににそのことをしつこく訊ねることが憚《はばか》られたが、藤十郎はなんとか探りたいと思った。

三

今夜も、半吉は『桃乃井』に来ていた。

「半吉さん、今夜はあまり顔が晴れないみたい。ねえ、何かあったの」

「なんでもねえよ」

猪口を口に運ぶ。

「そう」

お新は寂しそうに俯いた。

「どうした?」

「ううん、なんでもない」

「なんでもないのに、どうしてそんなに悲しそうな顔をするんだ? 俺が浮かない顔をしているからか」

「違うわ。私は半吉さんの何の役にも立てないのだと思うと、急に情なくなって」

「………」

半吉はおしんの顔を見つめ、

「そうだったな。俺はおめえに救われたんだ。そんなおめえに俺の苦しみを隠しておくほうが水臭いな」

半吉は呟き、

「じつはせっかく生まれた希望がだんだん……」

金を盗んだのは忠太郎だと思って、あの男にもそう言った。忠太郎は道楽者だと聞いていたからだ。

それに不審なのは、『相模屋』からの呼び出しだ。あれはほんとうに『相模屋』の使いだったのか、それとも偽の呼び出しだったのか。

もし、偽の呼び出しだとしたら、忠太郎がそんな真似をするはずがない。

五十両を盗んだのは忠太郎ではないと思えてきた。せっかく真相がわかり、身の潔白が明らかになるという希望を持ったにも拘わらず、打ち砕かれた。

「何があったの、教えて」

お新が真剣な眼差《まなざ》しを向ける。

「いやな話だ。聞いていやな気持ちになるかもしれねえ。それでもいいか」

半吉はお新に確かめた。

「いいわ。それでもききたい」

「おめえには聞かせたくなかったが、聞いてもらおうか」

半吉は手酌で呑んでから、

「俺は池之端仲町にある『三河屋』っていう木綿問屋の旦那に気に入られ、出入りの職人になった。旦那から『三河屋』出入りの証の印半纏を作ってもらい、盆暮れ、新年の挨拶にはその半纏を着て『三河屋』に行ったものだ」

半吉は目を細め、そのころのことを思い出したが、すぐに胸に苦いものが広がり、顔をしかめた。

「今月十三日の煤払いには出入りの職人たちは皆『三河屋』に手伝いに行った。俺は旦那の部屋の掃除を終えて、もう一軒の出入り先の神田須田町にある紙問屋の『相模屋』に行き、そこで手伝いをし、もう一度『三河屋』に向かったんだ」

半吉は息を継ぎ、

「その途中、筋違橋の袂《たもと》で前から走ってきた三十ぐらいの男から巾着を預かったんだ。重みがあった。そのあとから三人連れの侍が走ってきた。さっきの男を追っていたらしい。どうやら、男が盗んだらしい。俺は気になって巾着の中を見た。五十両入っていた」

「まあ」

お新が息を呑むのがわかった。

「この金を持ったまま『三河屋』に戻ることがためらわれ、俺は結局行かなかった。翌日、『三河屋』に行ったら旦那の様子が変だった」

「何があったの？」

お新が身を乗り出してきいた。

「煤払いの日、俺が『相模屋』に向かったあと、旦那の部屋から五十両がなくなっていたそうだ」

「………」

お新が何か言いたげに口を開いたが、声にならなかった。

「そうだ。俺が盗んだことにされた。俺の留守中、『三河屋』の手代が長屋を家捜しして、五十両を見つけたんだ。言い逃れ出来ねえ証ということになった。見知らぬ男から預かったと訴えても誰も信用などしてくれやしねえ」

半吉はやりきれないように、

「『三河屋』の旦那は奉行所には突きださない、その代わり、罪を認めて謝らなければ出入りは差し止めだと言った。やってもいないことを認めることは出来やしねえ。だから、『三河屋』を出入り差し止めになった。そればかりじゃねえ。俺が盗んだってことは他にも伝わり、『相模屋』にも出入りを止められ、大工の棟梁からも縁を切られた」

「ひどいわ」

お新は半泣きだ。

「俺に金を預けた男が金を受け取りに来た。事情を話したら、その男だけが俺の話を信じてくれたんだ。俺は金を盗んだのは若旦那ではないかと睨《にら》んだ。そのことを男に話したら、若旦那を追い詰めてみると言ってくれた。それで、ようやく暗闇に光が見えてきたような気がした。そうだ、希望が生まれたんだ」

半吉は思わず力んだ。

「だが、最近になって、若旦那ではないと思えてきた」

「まあ」

「まだ、はっきりしたわけじゃねえ。その男から何の連絡もないからな」

半吉は徳利を摑んだ。もう空だった。

「持ってきます」

「いい、そばにいてくれ」

半吉はお新の手をとって引き寄せた。

「もし、おめえに出会っていなかったら、俺はどうにかなっちまっていただろうな。今日までなんとか持ちこたえられたのはおめえのおかげだ」

「いや、へんな言い方しないで」

「すまねえ。でも、このままじゃ、おしまいが目に見えている。仕事はねえ。今は貯えで食って、おめえにも会いに来れるが、そのうち底をつく。にっちもさっちも行かなくなるのが目に見えているんだ」

「そんなのいや」

お新は半吉の胸にしがみついてきた。

「俺は大工を天職と思っているし、大工以外の仕事は出来ねえ。大工がだめなら生きていても仕方ねえんだ」

半吉は厳しい顔で言ったが、ふと表情を和らげ、

「貯えが底をつくまで、もう少し間がある。それまで、たんとおめえに会いに来るさ」

と、お新の肩を抱く。

「底をついたらどうするの？」

お新が半吉の胸に顔を埋めながらきいた。

「どうするかな。どこかひとのいない場所に行って首をくるか」

「………」

抱いているお新の肩がぴくりとした。

「冗談だよ、心配するな」

半吉はお新の背中をさする。

「私もいっしょします」

胸に顔を埋めたまま、お新が言う。

「えっ？」

半吉はきき返した。

「私も連れていって」

「………」

「私も半吉さんといっしょにどこまでも行きます」

お新が顔を上げた。

「何を言っているんだ？」

「半吉さんがここに来なくなったら、私も生きていても仕方ないもの。国におとっつぁんとおっかさんが健在だと言ったのは嘘。もう、ふたりともいないの」

「お新」

「ねえ、だから連れていって。あの世でふたりで暮らしましょう」

「本気か」

半吉はお新を睨みつける。

お新も激しい目で見つめ返した。

「お新」

半吉はお新を抱きしめ、

「おめえを死なせはしねえ。俺は最後まで闘う。きっと、身の潔白を明らかにし、大工の仕事に戻れるようにする」

再び、気力が蘇ってきた。お新のためにも挫けてはだめだ。最後の最後まで諦めない。大工の仕事が出来るようになったら、金を稼いでお新を身請けし女房にする。半吉は自分に言い聞かせた。

「きっとおめえをここから出してやる。そして、俺といっしょに暮らすんだ」

「半吉さん。うれしい」

「お新、俺はおめえをきっと守ってみせる」

最後まで闘い、それでもだめなら、そのときは……。お新とふたりであの世に旅立つ。死出《しで》の旅もひとりではさびしいが、お新といっしょなら楽しいかもしれない。

それからふたりは隣の部屋で過ごしたが、死という言葉がふたりを煽ったのか、これまでになく激しくお互いを貪った。

疲れて寝入ったあと、お新は自分の乱れようを思い出して恥ずかしいと頬を赤らめた。そんなお新がなおさらいとおしく、改めて身の潔白を明らかにするために最後まで闘うという思いを強くした。

夜遅く、半吉は長屋に帰ってきた。お新のぬくもりは長屋の木戸をくぐっても消えない。泊まらなかったのは、自分は今、闘っている身である覚悟があるからだ。身の潔白が明らかになるまではお新の部屋に泊まらないと誓った。

戸を開けたとき、暗い土間に黒い影を見た。

「誰でえ」

半吉ははっと身構えた。

「俺だ」

天窓からの星明かりに映し出されたのはあの男だった。

「あんたか……」

「遅かったな。何度も出直して待っていたんだ」

男は抑えた声で言う。

「すまなかった。二度と関わらない、縁切りだと言っていたんじゃないのか」

「酒の匂いはしねえな。女か」

「そうじゃねえ……」

半吉は答えて部屋に入って行灯に灯を入れようとした。

「待て。話がある。外に出よう」

男は隣を気にした。薄い壁を通して隣人の咳払いが聞こえた。

「わかった」

半吉は土間に下りた。

長屋の奥の稲荷の祠《ほこら》の前に立った。部屋で話すより少しはましだというだけで、やはり声を潜めて話さなければならない。

「『三河屋』の忠太郎をつけて探ったが、それほど金を持っているようには思えなかった。五十両盗ったのは忠太郎じゃねえかもしれねえぜ」

男はずばり言った。

「違うという証があったのか」

「いや、そうじゃねえ。じつは忠太郎に強引に近づき、煤払いの日に五十両がなくなったが、ほんとうは若旦那の仕業だという噂があると鎌をかけた」

「…………」

「野郎、驚いて、盗んだのは大工の半吉だと言いやがった。だから、半吉はやっていないと言うと、忠太郎はほんとうかと逆にきき返した。そんときの感じからして、俺は違うと直感したんだ」

「でも、それだけで違うと言い切れるのか」

「嘘をついているかいないかぐらい俺は見分けられる。もし、俺の目をごまかしたとしたら、忠太郎はかなりの悪党だ。これまでにも、さんざん店の金をくすねているはずだ」

「そんなことはない」

「だとしたら、忠太郎は違う」

男はいい切った。

「じつは俺も忠太郎ではないと思うようになってたんだ。道楽者だから、てっきりそうだと思い込んでしまったが、じつはあのとき、妙なことがあったんだ」

半吉は『相模屋』からの呼び出しのことを話した。

「『相模屋』は呼び出していないと言った。手代と名乗った男も『相模屋』では見かけない顔だった」

「つまり、おめえを旦那の部屋から追い出そうとした者がいるということか」

「そうだ。俺が旦那の部屋を出て行ったあと、何者かが入ってきて隠し棚から五十両を盗んだに違いねえ。若旦那の仕業なら、何もそんなことをする必要はねえ。いつでも、部屋に入れるんだから」

　半吉の話を聞いて、男は眉根を寄せた。

「どうして、そんな大事なことを黙っていたんだ」

「ほんとうに『相模屋』の旦那の呼び出しだと思っていたんだ。口では呼び出していないと言っていたけど、それは体裁だと思っていた。前々から、俺が『三河屋』を第一に考えていることを面白く思っていなかった節《ふし》もあったんで……」

「『相模屋』の呼び出しはほんとうに嘘だったのか確かめたのか」

「いや。確かめようにも出入り差し止めだったら、相模屋が外出のときを狙ってきけばいいんだ」

「出入り差し止めだったら、相模屋が外出のときを狙ってきけばいいではないか」

「そうか」

「このことは重要だ。はっきりさせておいたほうがいい。忠太郎への疑いが消えるだけでなく、新たな手がかりになる」

「じつは、もうひとり、怪しいと思うのがいるんだ」

半吉は口にする。

「誰だ？」

「『三河屋』の手代の和助だ。和助があんたから預かった五十両をここから探し出して持って行ってしまったんだ。手代のくせに、動きが機敏な男でね」

「和助だな」

そう言ってから、男は皮肉な笑みを浮かべた。

「何がおかしいんだ」

半吉は気に障った。

「おめえも、おめえを盗っ人と疑った連中と同じだと思ってな」

「…………」

「最初は忠太郎を疑い、次は和助だ」

「だって……」

半吉はあとの言葉が続かなかった。確かに、そうだ。忠太郎を疑ったのも証があったわけではない。和助にしてもだ。

俺を盗っ人にした連中と同じことをしている。その指摘に、半吉はうろたえた。

「まあ、おめえは俺の前だから言っただけだろう。大勢の前で口にしたんじゃないからな。自分の身を守るためだ。気にするな」

男はなぐさめたあと、

「とにかく、『相模屋』の呼び出しがほんとうかどうか確かめるのだ」

と、念を押した。

「じゃあな」

「木戸が閉まっている」

「なあに、ちょっと罰当たりだが、稲荷の祠に足をかければ、その塀を乗り越えられる」

そう言い、ほんとうに稲荷の祠に足をかけて、男は塀を乗り越えていった。

翌日、半吉は神田須田町の『相模屋』の店先が見える場所に立った。店の前は人通りが多く、『相模屋』の客もたくさん出入りをしている。

物陰に立ってから四半刻（三十分）あまり後、『相模屋』から主人の惣兵衛が供をひとり連れて出てきた。

番頭らに見送られて、日本橋のほうに向かった。半吉はあとを追い、人通りの途切れたとき、惣兵衛の前にまわった。

「旦那」

半吉は立ちふさがって頭を下げた。

「半吉か。何の真似だ？　出入りを許してくれと頼みに来たのか」

惣兵衛は口元を歪める。

「そうじゃありません。教えていただきたいことがあるんです」

「どきなさい」

「旦那、ひとつだけ、教えてください。煤払いの日、あっしに早く来いという使いを、旦那は『三河屋』に出しませんでしたかえ」

半吉は懸命に訴える。

「私がそんな使いを出すわけはない」

「ほんとうですか」

「くどい。いったい、それがどうしたって言うんだ」

惣兵衛は不快そうに顔を歪めた。

「あっしは『三河屋』の旦那の部屋を掃除していました。掃除を終えたとき、女中が『相模屋』さんからの使いが外に来ていると知らせにきたんです。それで、あっしは外に出てみました。『相模屋』の手代と名乗った男が、旦那が半吉はなぜ顔を出さないといらだっていると言ったのです」

「私は知らないね」

「ほんとうでございますね。私が部屋を出ていったあと、何者かが忍び込んで五十両を盗んだんです」

「まだ、そんなことを言っているのか」

「旦那。『相模屋』の奉公人に二十四、五ののっぺりした顔の男はおりませんか」

「おまえだって知っているはずだ。うちにはいない」

そう言い、惣兵衛は供を促し、半吉の脇を通りすぎていった。

やはり、あの使いは偽者だったのだ。半吉が部屋を出たあとに忍び込んで五十両を盗んだ。そして、半吉があわてて『相模屋』に行ったのを、金を盗んだためと見なされたのだ。証はない。だが、半吉の脳裏を和助の顔が掠めた。

四

その日の昼過ぎ、藤十郎を訊ねて、『三河屋』の忠右衛門が『万屋』にやってきた。

藤十郎は客間で忠右衛門と向かい合った。

「何か、ございましたか」

忠右衛門の表情が強張っているのが気になった。

「はい。先日、万屋さんは『京福堂』さんや早瀬家のことをお話しになりました。私どもと何か関わりがあるような。そのことについてお話しなさろうとしたときに、店のほうで騒ぎがあって、そのままお話は中断してしまいました。しかし、気になりまして、改めてお話をお伺いに来た次第でございます」

忠右衛門は、

「ぜひ、お伺いしたいのですが」

と、さらに訴えた。

「わかりました」

藤十郎は頷き、

「庄内藩早瀬家では、『京福堂』さんからある茶器を五十両で購入することになったそうです」

「五十両……」

「その取引の日が煤払いの日の十三日の夜でした。その使いを任された家来の侍が五十両を持って『京福堂』さんに向かいました。ところが途中、掏摸に遭い、五十両を掏られたのです」

「……………」

「五十両を掏った男の見当がついて、会いに行きました。ところが、掏摸の男は否定し、五十両は持っていませんでした。疑いは濃厚でしたが、証はなく、町方も何もできません。ところが、この男が『三河屋』の前をうろついていたそうなんです」

忠右衛門の顔色が変わった。

「男は『三河屋』の前で何をしていたのか。どうも、三河屋さんや内儀さん、若旦那の様子を窺っていた節があるのです」

「…………」

「あのときの店の騒ぎ、お侍と中間が万引きしたと思わせて店で騒ぎを引き起こした件、掏摸の男が背後にいると睨みました。もちろん、証はありませんが」

藤十郎は間を置き、

「この一連の動きに掏摸の男が関わっていると思われる節があるのです。男が『三河屋』さんに何をしようとしているのか。その鍵となるのが五十両ではないかと」

「えっ、五十両」

またも、忠右衛門は動揺した。

藤十郎は何かあると思わざるを得なかった。

「なぜ、ですか」

ようやく忠右衛門がきいた。

「早瀬家のご家来が五十両掏られたのは間違いありません。掏った男も特定できました。しかし、五十両は持っていなかった。その五十両はどこかに消えてしまったのです」

「…………」

「そして、掏摸はどういうわけか『三河屋』に目をつけている。五十両が何か絡んでいるように思えて仕方ないのです」

忠右衛門の顔から血の気が引いているのがわかった。

「三河屋さん。どうかなさいましたか」

藤十郎は心配してきいた。

「これを……」

忠右衛門が懐から紙切れを取りだした。

藤十郎は受け取って目を落とす。


――五十両盗んだのは半吉ではない。半吉から奪った五十両は私のものだ。必ず返してもらう。


「これは？」

「万屋さんがいらっしゃった日の夜、隠し棚にこれが入っていました」

「隠し棚？」

「はい。私の部屋にある床の間の掛け軸をずらすと隠し棚になります。そこに、この紙切れが入っていました。それから、そこにあった十両が盗まれました。五十両盗まれたばかりですが、この隠し棚は便利なのでまた使っています。伜の忠太郎と番頭、あとは出入りの大工の大治郎さんしか知りません。万一、次になくなったとしたら、すぐ盗っ人がわかります」

「いつ、賊が？」

「わかりません」

「あのいかさまの侍が騒いだときはいかがですか」

「誰も外から入り込んでいません」

「そうですか」

「ただ、女中の話では、そのころ、台所の近く、裏庭に鋳掛け屋が来ていたそうです」

「鋳掛け屋……」

「はい」

「そうですか」

藤十郎はそれ以上は口にせず、紙切れの文面に触れた。

「五十両盗んだのは半吉ではない。半吉から奪った五十両は私のものだ。この文面はどういうことですか」

「はい」

忠右衛門は微かに狼狽したが、心を落ち着かせるように深呼吸をして、

「この文面を読んだとき、半吉が自分の無実を訴えるために、このようなことをしたのだと思いました。でも、今の万屋さんのお話から、早瀬家のご家来が五十両を掏られたことを知って、私はこの文面がまったくの嘘ではないとわかりました」

「半吉という男に五十両盗難の嫌疑がかかっていたのですね」

藤十郎は確かめる。

「はい。半吉も『三河屋』出入りの大工職人です。煤払いの日、出入りの職人に掃除を手伝ってもらい、半吉にも私の部屋の掃除をしてもらいました。途中で、半吉はもうひとつの出入り先の『相模屋』に向かいました。振舞い酒のときには帰ってくることになっていましたが、姿を現しませんでした。そのとき、伜の忠太郎が隠し棚から五十両がなくなっていると言いに来たのです。私の部屋を掃除していた半吉がいないことで、半吉に疑いが。でも、まだ、その時点では決めつけていません。次の日、手代に半吉の住まいを調べさせたところ、床下の瓶の中に五十両があったのです。それでひとを介して返させました」

「その五十両は『三河屋』から盗まれたものだと、思ったのですね」

「はい。半吉を問い質したところ、見知らぬ男から預かったと答えましたが、嘘だと思いました。まさか、同じ日に五十両が掏られ、その金がよりによって半吉の手に渡ったなどと思いもしませんでした」

「確かに」

藤十郎は頷き、

「掏摸の男は半吉のところに五十両を返してもらいに行ったところ、『三河屋』さんに取られたと話したのでしょう。それで、掏摸は五十両を取り返そうとしてお宅に狙いを定めているのです」

「掏摸の男をご存じなのですね」

「知っています。この件を確かめてみます。そして、狙いをきいてきます。それより、半吉さんはどうしました?」

「五十両盗難の件は内々で始末しました。半吉は出入り差し止めに」

忠右衛門は苦しそうな表情で、

「半吉が持っていた五十両は掏摸から預かったからといって、隠し棚から五十両盗んだのは半吉ではないとは言い切れませんからね」

「しかし、半吉さんは他に五十両持っていなかったわけですね」

「はい」

「他に、半吉さんが盗んだというはっきりした証はあったのですか」

「いえ」

「もし、半吉さんが盗んだのでなければ、実際に盗んだ者は五十両を懐にのうのうと暮らしていることになります」

「………」

　忠右衛門は唇を嚙みしめた。

「半吉さん以外に、怪しいと思う者はいませんか」

「わかりません。でも、お金に困っている者はひとりもいないはずです」

「でも、他の出入りの職人のことまではわからないのでは？」

「それはそうですが……。でも、お金に困っているなら、噂でも耳に入ると思いますが、そういう話は聞いたことがありませんでした」

「そうですか」

　藤十郎はふと気がついて、

「この盗難の件は奉行所に知らせるつもりはないのですね」

と、確かめた。

「はい。盗んだ者はほんの出来心でやったことでしょうから」

「しかし、もしかしたら、最初から半吉さんに罪をかぶせて身の安全を図ろうとした者かもしれません。もし、そうなら出来心とは言えませんが……」

「そういうこともありえるでしょうか」

「考えられます」

「………」

しばらく考えていたが、

「それでも奉行所には」

忠右衛門は首を横に振った。

「わかりました。この件、私に調べさせていただけませんか」

「お願い出来ますか。半吉が無実だとしたら、私はなんということを……」

忠右衛門は喘《あえ》ぐように言う。

「この文をお預かりしてよろしいですか」

「どうぞ」

藤十郎は文を折り畳み、

「半吉さんの住まいは？」

「下谷長者町です」

「わかりました。調べて、ご報告にあがります」

「お願いします」

忠右衛門は蹌踉《そうろう》として引き上げていった。

藤十郎は夕方に、浜町堀の近くにある『酔どれ長屋』へ出かけた。

「ごめんください」

腰高障子を開けて声をかける。丹次がいた。

「おめえさんは……」

藤十郎は土間に入った。

「今、よろしいですか」

「なんでしょう」

丹次は無愛想に言う。

「これ、あなたの文ですね」

藤十郎は懐から紙切れを取りだし、開いて丹次の目の前に示した。

丹次の口が開くまで間があった。

「なんですね、これ」

丹次はとぼけた。

「あなたが、鍋・釜の修繕で『三河屋』に入り込んだとき、店のほうでいかさまの侍と中間の茶番が繰り広げられた。その隙に、『三河屋』の主人の部屋に忍び込み、床の間の掛け軸の後ろにある隠し棚にこれを置いたんじゃありませんか。そのとき、そこにあった十両を盗んだ」

「ばかなことを言わないでくださいな」

丹次は顔を歪め、

「そんな証があるんですか。当てずっぽうに言われても困りますぜ」

と、言いつのる。

「『三河屋』に入り込んだことは認めるんですか」

「商売ですからね」

「いかさまの侍と中間は知り合いでは？」

「そんなの知りません」

「じゃあ、偶然同じ刻限にそれぞれが『三河屋』に？」

「さあね」

藤十郎はひと呼吸置いてから、

「あなたの狙いはなんですか」

「狙いって？」

「『三河屋』に近づくわけです。五十両を取り返すことですか。それとも半吉さんの名誉を回復しようとしているのですか」

「なんのことかわからねえ。第一、俺は半吉なんて男は知らねえ」

丹次はうろたえたように顔をしかめる。

「丹次さん」

藤十郎は口調を改めた。

「あなたは三年前に掏摸から足を洗ったんですね」

「そうさ、足を洗った」

「なのに、なぜ、真木陽一郎どのの懐を狙ったのですか」

「俺は知らねえと言っている」

「さらに、『三河屋』に忍び込んで十両を盗んだ」

「俺はそんなことしちゃいねえ」

「せっかく堅気になってまっとうに働いているのではないですか。それを棒に振るような真似はやめたほうがいい」

「あんた、頓珍漢《とんちんかん》なことを言っているな」

丹次はさらに不快そうに顔を歪め、

「これから出かけなきゃならねえんだ。悪いが帰ってくんねえか」

と、尻を上げかけた。

「もう少し」

藤十郎は手を上げて制する。

「この文のおかげで、三河屋さんも半吉さんのことを考え直したようですよ」

「…………」

「五十両を盗んだのは半吉さんではないかもしれないと考えるようになったのです」

「…………」

「半吉さんの名誉が回復されれば、五十両は返してもらえましょう。だから、これ以上、『三河屋』のひとたちから金を奪うのはやめてくれませんか」

「俺は……」

丹次は言いさした。

「金を奪っているのではない。返してもらっているのだと言いたいのでしょう。でも、十両盗めば首が飛ぶんです。これ以上、悪いことをしてはだめです。せっかく堅気になったのですから」

藤十郎は俯いた丹次に、

「すべてを話してくれるようになることを期待しています。では」

藤十郎は丹次の家を出た。

隣の茂助の家から激しく咳《せ》き込む声が聞こえた。丹次が飛び出してきて、茂助の家に入っていった。

藤十郎も茂助の家の土間に入る。

丹次は茂助の背中をさすっている。徐々に荒い呼吸も治まってきた。

「もうだいじょうぶだ」

茂助はまだ苦しげだ。

「薬は？」

「さっき飲んだ。もういいぜ」

「じゃあ、横になってな」

丹次は茂助の体を支えながら寝かせる。

「すまねえな」

茂助は礼を言う。

「なに水臭いことを言っているんだ。寒くはねえか」

「だいじょうぶだ」

茂助は、藤十郎を見た。

「どなただ？」

「俺の知り合いだ」

「そうかえ。俺は茂助だ」

言いながら、茂助はじっと藤十郎を見つめてくる。

「私は藤十郎と申します」

「藤十郎さん。丹次を頼む。せっかく堅気になったんだ。ばかなことをしねえように見てやってくれ」

いるんだ」

「とっつぁん。聞いていたのか。心配いらねえ。俺は鋳掛け屋としてまっとうに生きているんだ」

「丹次。身を汚すんじゃねえ。いいな」

「わかっている」

「それならいいが……」

茂助は目を閉じた。

薄い壁越しに、藤十郎と丹次の話が断片的にも耳に入っていたのに違いない。それで、興奮して発作が起きたのではないか。

微かな寝息が聞こえてきた。

藤十郎は丹次といっしょに外に出た。

「おまえさんが気がかりで発作が起きたんだ。茂助さんを心配させるような真似はしてはいけません。あとは、私に任せて」

藤十郎は木戸に向かった。

丹次は茂助の忠告に抗い、なぜ真木陽一郎の懐を狙ったのか。なぜ、堅気の暮らしを棒に振るような真似をしたのか。

そのわけがわからないと、丹次がこのまま鳴りを潜めるかどうか見極められない。そのわけを知るためにも、藤十郎は茂助から話を聞きたいと思った。

五

今夜も、半吉は『桃乃井』にやってきた。

店先に、お新の姿はなかった。他の女が近寄ってきた。

「すまねえな。俺はお新だ」

そう言い、土間に入り、

「お新さんを頼む」

と、遣り手婆に声をかける。

「あいにくだね。もう客がついているんだよ」

「…………」

半吉は全身に冷水を浴びたような衝撃を受けた。こういう商売だから他にも客がいて、身を任せていることはわかっていた。だが、お新は俺だけのものだという思い込みがあった。

今、現実をまざまざと見せつけられた気がした。

「待っている。客が帰るのを待っている」

半吉は我を忘れて言う。

「相手は泊まりだよ。廻《まわ》しになるよ。ずっとおまえさんの相手は出来ないけど、いいかえ」

よかねえと叫びたかったが、どうしようもなかった。

「いい」

「他の娘はどうだい？」

「いや、お新だ」

「そう。じゃあ」

遣り手婆は二階の一番奥の部屋に連れていった。遣り手婆が行灯に灯を入れる。薄汚い部屋だ。半吉はため息をついてあぐらをかく。

「今、お酒を持ってくるから」

遣り手婆は部屋を出て行った。

この間にも、お新は他の男に身を預け、いっしょに酒を呑んでいるのかと思うと、やりきれない。

遣り手婆が酒を運んできた。

「お新を少しでも早く寄越してくれ」

「あいよ」

遣り手婆は調子よく返事をして階下に向かった。

湯呑みに酒を注ぎ、乱暴に呷った。口からこぼれた酒が胸から膝に垂れた。

徳利が空になってもお新は現れない。廊下に足音が聞こえてもこの部屋の手前で消えた。

半吉は部屋を出た。お新の部屋の前を通る。よほど障子を開けてやろうかと思ったが、さすがにそこまでは出来なかった。

梯子段を下り、遣り手婆にいらついた声をかける。

「お新はまだ来ねえ」

「もうじきですよ。そんな顔をしていちゃ、お新に嫌われますよ。それより、この間に、お新が部屋に行っているかもしれませんよ」

「ちっ」

半吉は舌打ちし、

「酒だ」

と頼んで、梯子段を上がった。

部屋に戻ったが、お新が現れた形跡はない。

廊下に足音がしたので期待したが、酒が運ばれてきただけだった。

新たな酒を呑んでいるうちに、またも五十両の件に思いが向いた。

『相模屋』からの呼び出しは嘘だった。手代だと名乗った二十四、五の男は隠し棚から五十両を盗んだ者の仲間だ。

『三河屋』の手代の和助も同じぐらいの年代だ。あの和助は俺の住まいの床下から五十両を見つけ出したのだ。そのようなことに目端が利く男は隠し棚からの盗みも容易にやれそうだ。

やはり、和助の仕業か。そう思ったとき、肝心なことに気がついた。和助が五十両を盗んだのなら、半吉の家に五十両がないことは当然わかっていたはずだ。だったら、家捜しするまでもない。

五十両を見つけたのは、ほんとうに半吉が盗んだと信じていたからではないか。だとしたら、和助は盗っ人と関係ない。

忠太郎に続き、和助も見込み違いだ。では、誰なんだと呻いたとき、障子が開いてお新がよろけるように入ってきた。

「ああ、苦しい」

お新は畳に手をついて、はあはあしている。

「酔っているな」

「ごめんなさい。呑まされてしまって。でも、だいじょうぶ」

お新はしゃきっと、背筋を伸ばした。

だが、すぐへなへなと崩れる。

「その客とはずいぶん酒が進むようだな。そんなに楽しいのか。そうか、俺の前ではそんなに呑まないのは、俺とじゃ楽しくないからだな」

半吉は嫉妬に駆られて厭味《いやみ》が口をついてでた。

「半吉さん」

お新が悲しそうな顔をした。

「なんでえ、その顔は？　俺がどんな思いをしてここでおめえを待っていたか……」

「ごめんなさい」

また、お新が謝ったが、半吉の心には響かなかった。

無性に腹立たしくなって、半吉は膝を立て、手を伸ばしてお新の手を摑んだ。

「さあ、こっちへ」

布団の部屋に引っ張ろうと手に力を入れた。

「待って」

お新が叫ぶように言う。

「すぐ、行かなくてはならないの」

「なんだと。今来たばかりじゃないか」

「ちょっと厠《かわや》に行くと言って出てきただけなの。また、あとで来ます」

「お新。その客と俺と、どっちが大事なんだ」

半吉は喚いた。

「半吉さん。私は苦界《くがい》に身を沈めた女よ」

お新は立ち上がって逃げるように部屋を出ていった。

苦界の女とはどういう意味だ。俺とは商売で接していただけだってのか。半吉は打ちのめされた。

私も連れていって、いっしょに死のうって言ったのは商売が言わせた言葉だというのか。俺は真剣だったんだ。

半吉は立ち上がった。

廊下に出て、お新の部屋の前で少し立ち止まっていたが、やがて諦めて梯子段を下りる。

遣り手婆が顔を覗かせた。

「おや、帰るのかえ」

「ああ」

巾着を取りだし、勘定を払う。

「すぐ来るのにさ」

遣り手婆は何かぐずぐず言っていたが、半吉は聞き流して外に出た。いつもはお新に見送られて帰るのだが、今夜は見送る者はいない。

それでも途中で振り返る。『桃乃井』の戸口には誰もいない。胸が引き裂かれそうになった。

ふと、『桃乃井』の二階の部屋の窓辺に人影を見つけた。数歩近づく。お新だ。客に呼ばれたのか後ろを振り返ったあと、またしばらくこっちを見ていたが、やがて障子が閉まった。

（お新……）

半吉は思わず呻いた。

長屋に帰り着いて、力なく戸を開け、よたよたと部屋に入った。

お新は俺にとってなんだったんだと叫びそうになった。いっしょに死のうと言ったのも、商売女の客をたらし込む手管に過ぎなかったのか。それを信じやがって、半吉は自分を蔑んだ。

今頃、お新は客の男に抱かれて、自分のときにも見せた悦楽の表情を作って……。半吉は苦しくなった。

戸が開いた。はっとして顔を向けると、あの掏摸の男が入ってきた。

「今帰ったのか、今夜は早かったな」

「ああ」

半吉は憂鬱そうに頷く。

「何だか沈んでいるな。何かあったのか。また『三河屋』の件で？」

「違う、そうじゃねえ」

「早く、行灯を点けろ。暗いじゃねえか」

男に言われ、半吉は行灯に灯をいれた。

仄かな明かりが男の顔を浮かび上がらせた。男はじっと半吉の顔を見つめた。

「うむ、おめえ、泣いたな」

いきなり男が言った。

「ば、ばかな」

半吉はあわてた。

「隠すな。目が腫れている」

泣きながら両国橋を渡ったことを思い出した。反論する気力もなく、半吉は俯いた。ますます気持ちが塞がれた。

「女だな」

男はにやつきながら、

「女に振られたくらいで泣く奴があるか。やっぱり、おめえはあんまり女遊びしてこなかったな」

ずばりと言い当てられ、

「ずっと修業だったから」

と、半吉は言い訳のように答える。

親方のところで朝から晩まで雑用に追われ、大治郎や他の内弟子たちが夜遊びに出かけても、半吉はいつもひとりで鉋《かんな》掛けの稽古をしていた。来る日も来る日も、夜遅くまでたったひとりで腕を磨いていた。だから、吉原に行ったこともなければ、深川に足を延ばしたこともない。

ただ、大治郎に常磐《ときわ》町の女郎屋に連れて行ってもらったことがあっただけだ。そのときは『桃乃井』とは違う店だった。

その経験があったので、思い切って『桃乃井』に行くことが出来たのだ。

「敵娼《あいかた》が身請けでもされちまったのか」

男は半ばからかうように言う。

「そうじゃねえ。馴染みの客が来ていて、いくら待っても俺のところにやってこなかった。来たと思ったら、すぐ出ていきやがった。それもずいぶん酔っていやがった」

「それで？」

男が先を促す。

「それで、どうしたんだ？」

「だから、騙されていたと気づいてそのまま引き上げた」

「それだけか」

「そうだ」

「なんだ、妬《や》いてるだけじゃねえか」

男は鼻で笑った。

「違う。俺が生きていても仕方ないと言ったら、私も連れて行ってと、あいつは言ったんだ。いっしょにあの世に行こうって。俺は信じた。そしたら、今夜は他の馴染み客のところに行きっぱなしで、やっと来たと思ったらすぐ出ていこうとした。だから、その客と俺と、どっちが大事なんだと言ったら、私は苦界に身を沈めた女よって言いやがった。そんな女の言葉を真《ま》に受けた俺がばかだったんだ」

半吉は拳を握りしめた。

「それがどうしたんだ？」

「えっ？」

「それで、なんでそんなに落ち込んでいるんだ？」

「なんでって、苦界に身を沈めた女だから、客を喜ばせるために心にもないことを言うのは当たり前のことだと、お新は言ったんだ」

「おいおい、なんでそんなふうに取るんだ？　そのお新って女は、私は苦界に身を沈めた女よって言っただけだろう」

「それをどうして、そんなに勝手に間違って受け取るんだ？」

「………」

男は呆れ返ったように、

「いいか。お新は苦界に身を沈めた女だから他の客にも身を任せなきゃならない定めだと、おめえに謝っていたんだ。自分の考えで自由に動けるものならすぐにでもおまえのところに行くが、それが出来ない悲しい身の上をおめえに訴えていたんじゃねえのか」

「そんな……」

半吉は唖然となった。

「それをおめえは最初から嫉妬に駆られて悪いように取っちまったんだ。可哀《かわい》そうにな。お新って女も今頃泣いているぜ」

半吉は立ち上がった。

「どうしたんだ？」

「行ってくる」

「まさか、お新って女のところか」

「そうだ」

「落ち着け。今から行ったって、無駄だ。お新に会えるわけねえ。かえって、お新に迷惑がかかるだけだ」

「………」

「明日、心を落ち着かせて会いに行くんだな」

半吉はしゃがみ込んだ。

お新のほんとうの気持ちを確かめたい。半吉は焦りを抑えがたかった。

「ちっ。余分なことで時を無駄にしてしまったぜ。話がある。外に出よう」

男は促した。

「おい」

もう一度声をかけられ、半吉ははっと我に返った。

外に出て、この前と同じ、稲荷の祠の脇に立った。

「夕方、俺のところに『万屋』の主人の藤十郎という人が訪ねてきた」

男は声をひそめて切り出した。

「万屋の主人は俺に、紙切れを見せた」

「紙切れ？」

半吉はなんのことかわからず問い返した。

「おめえには話していなかったが、おめえと下谷広小路でばったり会った日の昼過ぎ、俺は『三河屋』に忍び込んで、隠し棚に置き手紙をしてきた」

「置き手紙？」

「文面はこうだ。五十両盗んだのは半吉ではない。半吉から奪った五十両は私のものだ。必ず返してもらう、とね」

男は口を歪めて続けた。

「この置き手紙を、万屋が持っていた。もちろん、三河屋から預かったのだ。藤十郎は俺が五十両を掏ったと睨んでいる。おそらく、この話を三河屋にしたんだろう。三河屋にはおめえが持っていた五十両が隠し棚から盗まれたものではないとわかったようだ」

「ほんとうか」

半吉は胸を轟《とどろ》かせてきき返した。

「間違いねえ。五十両を盗んだのはおめえではないと考え直すようになったそうだ。だから、俺が預けた五十両は『三河屋』から返してもらうようにすると言っていた」

「そいつは思いがけない話になって……」

半吉は気持ちを昂らせ、

「じゃあ、俺の名誉が取り戻せて、お金が返ってくるから万々歳じゃないか」

と声を弾ませたが、男は浮かない顔をしている。

「どうかしたのかい」

「頼みがある。俺はおめえを知らないことになっているんだ。おめえに五十両を預けたのは俺じゃねえ。いいな」

「わかっている」

「そして、俺のことは喋るな。その上で、おめえは『三河屋』から五十両、いや四十両を返してもらい、誰にも気づかれぬように俺に渡せ。十両はもういただいた」

「わかった」

「おそらく、明日あたり、万屋の主人がおめえを訪ねてここに来るはずだ。だから、おめえの無実を晴らし、俺とのことは絶対に口外してくれるな」

「じゃあ、四十両を受け取ったらどうしたらいいんだ？　尾けられるかもしれねえ」

半吉は懸念を口にした。

「こうしよう。四十両をお新って女に預けるんだ」

「お新に？」

「そうだ。俺があとで受け取りに行く」

「でも……」

「心配するな。おめえの女に手を出したりしねえよ」

「わかった」

半吉は弾んで言い、

「金をお新に預けたことをどうやってあんたに知らせるんだ？」

「おめえとの付き合いを知られたくねえから、ここにはもう来られねえ」

　男は考え込んでいたが、

「そうだ。おめえと最初に出会った筋違橋の他人に気づかれねえ場所に、こいつを結わえつけておいてくれ」

　男は懐から紺の手拭いを取りだした。

「これをどこでもいい。結わえつけてくれ。それを探し、あったらお新のところに行く。手数をかけるが、頼んだ」

「あんたにはいろいろ世話になったんだ。その恩返しのためにも必ず四十両をもらい受けてくる」

「俺はこれ以上動かねえ。筋違橋にその手拭いが結わかれるのを待つだけだ。じゃあ、頼んだ」

　男は前のように稲荷の祠に足をかけて塀を乗り越えていった。

　汚名が雪《そそ》がれる、また、大工に復帰出来る。そう思うと、半吉は小躍りしたくなっていた。

第四章　赦免

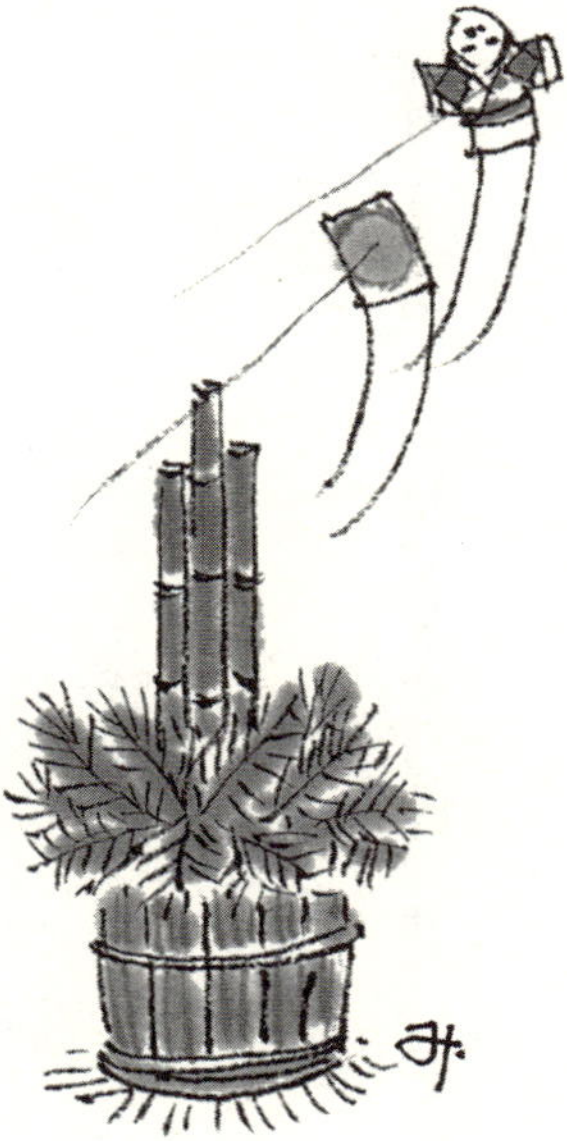

一

朝からどんよりとした雨模様の空だった。年の瀬で、世間はあわただしい。

藤十郎は下谷長者町の長屋に半吉を訪ねた。

「ごめんください」

戸を開け、中に呼びかける。

「どなたで？」

上がり框まで男が出てきた。

「私は浅草田原町で『万屋』という質屋をやっている藤十郎と申します。失礼ですが、半吉さんですか」

「へえ、さいです」

半吉は硬い表情で応じる。

「少し、お話を伺いたいのですが、よろしいですか」

「へえ」

「ここでは……」

藤十郎は左右の壁を見る。

「両隣はもう出かけました」

両隣とも職人が住んでいるが、もう出かけた。誰にも聞かれる心配はないと、半吉は言った。

「そうですか。では失礼させていただきます」

藤十郎は上がり框に腰を下ろした。

どんな用かときこうとせず、半吉は藤十郎が切り出すのを待っている。

昨夜、丹次を訪ねた帰り、ここに寄ってみたのだ。だが、半吉はいなかった。四半刻待って、引き上げた。

あの後、丹次がここにやってきたのかもしれない。

「『三河屋』さんでのことを、忠右衛門さんからお聞きしました」

藤十郎は切り出した。半吉はさして驚いた様子は見せなかった。やはり、藤十郎の来訪を予期していたのかもしれない。

「隠し棚から五十両がなくなっていたのを、あなたのせいにされたそうですね」

「ええ。けど、あっしはやっていません」

「なぜ、あなたのせいにされたんでしょうか」

「あっしが旦那の部屋を掃除していたからです。ちょうど掃除を終えたとき、女中さんが『相模屋』の手代が外に来ていると呼びに来たんです。出ていったら、『相模屋』の旦那が呼んでいると言うので、急いで『相模屋』へ向かいました。そのあとに誰かが旦那の部屋に忍び込んだんです。でも、あっしが『相模屋』へ急いで店を出たので、金を持って逃げたと疑われたんです」

「『相模屋』の呼び出しはあったんですか」

「後でわかったんですが、『相模屋』の旦那は使いなど出していないと言いました。手代の中にも、あっしが会った男はいませんでした」

「すると、偽りの呼び出しだったのですね」

「そうです。何者かがあっしに罪をなすりつけようとして、偽の使いを仕立てたんです」

「心当たりは？」

「まったくありません」

半吉は首を横に振って、

「そのあと運が悪いことに、『相模屋』から『三河屋』に戻る途中で見知らぬ男から五十両入った巾着を預かったんです。その五十両があっしの住まいにあったことから、あっしが盗んだことに間違いないとされたんです」

半吉は悔しそうに言う。

「あなたに五十両を預けた男の名は？」

「知りません」

「知らない？」

「ええ。男が五十両を受け取りに来たときも、名前は聞いていません」

「その男になんと説明したのですか」

「正直に一切を話しました。五十両は『三河屋』に持っていかれたと」

「その男はその説明を信じたのですね」

「はい。信じてくれました」

「その男はどうすると言っていましたか」

「いえ、何も」

「何も？」

「ただ、お金は自分でなんとかすると」

「なんとかするとは？」

「わかりません」

半吉は何かを隠しているような気がした。

「『三河屋』から五十両を奪おうとしたのでしょう。じつは、隠し棚に、五十両盗んだのは半吉ではない。半吉から奪った五十両は私のものだ。必ず返してもらう、と記された置き手紙があったのです」

「………」

半吉はそれほどの驚きを見せなかった。やはり、丹次から話を聞いているに違いない。

「万屋さん」

半吉が身を乗り出して、

「その置き手紙を見て、『三河屋』の旦那は何か言ってましたか」

と、きいた。

「じつは、私は煤払いの日に五十両を掏られたお侍さんを知っているのです。茶道具屋に品物の代金を払いに行く途中で五十両を掏られたのです」

「………」

「『三河屋』さんにこの話をしたところ、ご主人は半吉さんの言っていることが嘘ではないとわかったようです」

「ほんとうにわかってくれたんでしょうか」

「少なくとも五十両の件はあなたの言うことが正しいと認めています。ただ、残念なことに五十両を盗んだ賊が見つからないことで、まだすっきりしないようです。それでも『三河屋』のご主人はあなたが五十両を盗んだのではないと思うようになっています。

ただ、ご主人がそう思っても、他のひとは納得しないでしょう。隠し棚から盗んだ金をあなたが誰かに預けていると思う者もいるかもしれません」

「あっしはそんなことはしてません」

「わかっています。あなたが盗っ人ではないと思いつつも、やはり真の盗っ人を捕まえない限り、あなたの汚名が雪がれたとは言えないのです」

「…………」

半吉は俯いた。

「半吉さん。さっき、あなたは偽の『相模屋』の使いから呼び出されたと言っていましたね」

「はい」

「最初から、あなたをはめようとしていたと考えていいでしょう。そんな相手に心当たりはありませんか」

「ありません。あっしを貶めようなんて者に、まったく心当たりはありません」

「逆恨みを買ってはいませんか」

「いや」

半吉は首を横に振る。

「自分では気づかないが、誰かから恨みを買っているようなことは？」

「思い浮かびません」

「そうですか」

藤十郎は少し間を置き、

「あの隠し棚のことはあなたは知っていたのですか」

「はい。五、六年前に、御数寄屋町の親方が設《しつら》えたのを手伝いました」

「他に知っているひとはいるのですか」

「内儀さんたち家族はもちろん、番頭さんも知っているかもしれませんが……」

「あなたの朋輩は知っているんでしょうね」

「いえ。隠し棚を作った者しか知りません」

「親方とあなたのふたりだけですね」

「厳密に言えば、もうひとり。大治郎さんがいます」

「大治郎さんとは？」

「へえ、親方の息子で、今は代を継いでいます」

「あなたとは仲がよかったんですか」

「同い年で、内弟子のあっしと兄弟のように大工の修業をしてきました」

「兄弟のように？」

藤十郎はあることを確かめようときく。

「つかぬことをお伺いしますが、あなたと大治郎さんのふたりが『三河屋』さんに出入りを許されているのですね」

「そうです」

「どちらが……。いえ」

どっちが『三河屋』から可愛《かわい》がられているかをきこうとしたが、これは忠右衛門に訊ねるべきだと思いなおした。

「あの」

半吉が訝しげに、

「大治郎さんが何か」

と、きいた。

「いえ。なんでもありません」

藤十郎は穏やかに応じ、

「ところで、丹次というひとを知っていますか」

と、半吉の表情を窺った。

「いえ、知りません」

半吉は答えたあと、ふと何かに気づいたように、

「ひょっとして、五十両を預けたひとが丹次さんでは？」

「そうです」

「そうでしたか」

半吉はほんとうに名前を知らなかったようだ。丹次はあえて名乗らなかったのだろう。

「半吉さん。ほんとうの盗っ人は五十両欲しさというより、あなたに罪をなすりつけることに狙いがあったのかもしれません。また、何かお尋ねするかもしれませんが、そのときはよろしく」

「へい」

半吉は頭を下げた。

藤十郎は長屋木戸を出た。

どうも、昨夜の内に丹次が半吉に話をしているとしか思えない。だが、半吉は話を聞いていながら、丹次のことを隠している。

丹次に何か魂胆があることは、昨夜の様子でもわかる。やはり、金だろう。丹次は金に執着しているようだ。

五十両を取り返そうと躍起になっている。その五十両は丹次だけのものではない。真木陽一郎が五十両を懐に持っていると、丹次に教えた者がいる。そうなれば、五十両は山分けではないのか。その者もまだ誰かわからない。

それにしても、丹次はなぜ、それほど金を欲しているのか。茂助の薬代を稼ごうとしているのだろうか。

やはり、茂助に会ってみよう。

藤十郎は丹次が出かけているであろう昼過ぎに、浜町堀に近い『酔どれ長屋』を訪れた。

幸いなことに丹次は出かけていた。

藤十郎は、隣の茂助の家に行った。

戸を開け、土間に入って声をかける。

「茂助さん、お邪魔します」

「誰でえ」

茂助はおもむろに半身を起こした。

「起きてだいじょうぶですか」

藤十郎は気をつかった。

「心配ねえ。おまえさんは昨夜の……」

「ええ、丹次さんを訪ねた藤十郎と申します」

「いいところに来てくれた。俺もおまえさんにききたいことがあったんだ」

「なんでしょうか」

上がり框に腰を下ろし、藤十郎は茂助の青白い顔を見た。

「丹次は、何かやらかしたのか」

茂助がきいた。

「……………」

藤十郎は返答に窮した。

「どうなんだ？　昨夜、とぎれとぎれにだが、話が聞こえた。丹次がなにかやっているんじゃねえか心配なんだ」

「まだ、何かをしたわけではありません。ただ、何かを企んでいそうなので気にしているのです」

「まさか、また掏摸を？」

茂助が真剣な眼差しできく。

「ええ」

「だめだ。丹次を二度と掏摸の世界に戻してはだめなんだ」

茂助は咳き込みながら訴えた。

「だいじょうぶですか」

「だいじょうぶだ。それより、丹次を止めてくれ」

「丹次さんはなぜ、お金を欲しているのでしょうか。茂助さんの薬代を稼ごうとしているんでしょうか」

「俺はもう先は長くねえと言ってある。高い薬代を払ったって、俺の病はもう治らないって言われているんだ。だから、俺のために金が必要だとは思えねえ」

「では、丹次さんはなぜお金を……。何か、思い当たることはありませんか」

「ねえな」

茂助は首を横に振ったが、何かを思いついたように、

「まさか」

と、呟いた。

「まさかとは？」

藤十郎は身を乗り出してきく。

茂助は目を細めた。

「茂助さん。教えていただけませんか。金が必要な理由がわかれば、まだ間に合います。今、丹次さんを引き止めないと、元の掏摸に戻ってしまうかもしれません」

「それだけはなんとしてでもやめさせてえ。せっかく俺のあとを継いで、鋳掛け屋としてちゃんとやっていけるようになったんだ」

茂助は目を見開いて訴える。

「必ず、やめさせます」

「頼む」

茂助は頭を下げた。やがてゆっくりと顔を上げると、話しはじめた。

「俺は若い頃、かみさんと娘がいた。腕のいい飾り職人だった俺はあちこちでちやほやされていい気になっていた。ある料理屋の一番の器量良しの女中といい仲になって、かみさんと五歳の娘を捨てて、その女と暮らしはじめたんだ」

と、話しはじめた。

「だが、罰は当たるもんだ。五年後に、俺は喧嘩で手を斬られた。そのために指がうまく動かず、鑿《のみ》も使えなくなった。左手に変えてやってみたが、うまくいかなかった。俺の仕事がだめになると、女は俺の前から去っていった」

茂助は自嘲ぎみに口元を歪め、

「それから、俺は酒に溺れ、ろくでもない連中とつるんで……。でも、だんだん年をとってきて、捨てたかみさんや娘のことが恋しくなった。会いたい。そのためには堅気になってまっとうになってから会いに行こうとした。それで、鋳掛け屋の修業をはじめたんだ。ある程度、目処《めど》がついたんで昔住んでいた長屋に行ってみたが、もうそこには住んでいなかった」

茂助は息継ぎをして、

「それからも鋳掛け屋の仕事で町をまわりながらかみさんと娘を探した。そんなとき、丹次と出会ったんだ」

　茂助は咳き込んだが、すぐ治まった。

「そんとき、俺は丹次が商家の旦那の懐を狙っているのに気づいた。だから丹次に近づいて、若いの、と声をかけた。もちろん、すぐ掏摸をやめたわけじゃねえ。最初は反発した。何度か会ううちに、だんだん変わってきた。掏摸の仲間が捕まって死罪になったことも影響したらしい。掏摸をやめると言い出してな。それから、隣に引っ越してこさせ、鋳掛け屋の仕事をさせたんだ」

　藤十郎は黙って聞いている。

「そうやって、堅気になったのに再び掏摸をしようってのは、俺のためだとしか考えられねえ。俺のためというより娘のためだ」

「娘さんに会えたのですね」

　藤十郎は初めて口をはさんだ。

「半年前だ。たまたま呼ばれた長屋の隅で鍋・釜の修繕をしていたら、三歳ぐらいの女の子がある家から出てきた。俺ははっとした。娘だと思った。それほど、そっくりだった。あとから母親が出てきた。二十年ぶりに会う娘だった。俺はすぐ気づいたが、娘は気づかなかった。この話を丹次にしたら、その後、俺の名を出さずに娘に会いに行ってくれたらしい。そしたら、かみさんはとうに死んでいた。娘は職人と所帯を持ち、子どももをふたり授かったそうだが、亭主が病死し、今、娘が子どもふたりを育てているということだった。俺は何度も名乗って出ようかと思ったが、あいにく喘息がひどくなった。こんな病人が父親だと娘に負担をかけるだけだから名乗り出るのをやめたんだ。丹次は何度も名乗り出ろと言ってくれたが、俺は頑なに断った。その代わり、丹次に娘たちを見守ってやってくれと頼んだ」

茂助は苦しそうに眉根を寄せ、

「娘たちに何か大きく金のいることが出来て、そのために丹次はまた掏摸に……」

「茂助さん、娘さんの名前は？　どこに住んでいるんですか」

藤十郎はある予感がしていた。

「おくにだ。阿部川町の『太郎兵衛店』に住んでいる。ときたま、丹次が顔を出してくれている」

「そうでしたか」

おくにの五歳の子が病に罹《かか》り、高価な薬が必要になった。その薬代を稼ぐために、丹次は何者かに頼まれて真木陽一郎の懐を狙ったのだ。だが、その金は半吉から『三河屋』に渡り、丹次の手に入らなかった。

その間、おくには薬代のために、母親の形見の櫛を『万屋』にもって来たのだろう。

数日の後、丹次は『三河屋』の隠し棚に置き文をしたとき、そこにあった十両を盗んだ。

それをおくにに貸したのであろう。母親の形見の櫛を請け出すために、おくには丹次の好意を受け入れたのではないか。

「茂助さん。よくわかりました。丹次さんのことは任せてください」

「すまねえ。頼みます」

茂助は、また頭を下げた。

藤十郎は茂助の家を出て、阿部川町のおくにのところに向かった。おくにから話を聞けば、丹次のことがはっきりするはずだった。

二

おくにの長屋の木戸を入ろうとしたとき、藤十郎は路地におくにの姿を見た。風呂敷包みを抱えている。

「万屋さん」

木戸口まで近づいてきて、おくには軽く会釈をした。

「お出かけですか」

「はい。隣町まで仕立て物を届けに。何か」

おくにはきいた。

「たいしたことではないのです。では、歩きながら」

そう言い、新堀川のほうに向かった。

「丹次さんというひとをご存じですか」

「…………」

すぐに返事がなかった。

「ご存じありませんか」

「知っています。鋳掛け屋さんです。いろいろ親切にしてくださっています。丹次さんが何か」

「不躾《ぶしつけ》なことをお伺いしますが、お金を貸してくれたお方というのは、丹次さんではありませんか」

「…………」

新堀川に出て、今度は川沿いを稲荷町のほうに向かう。

「すみません。詮索するようなことを言って。じつは、もし丹次さんだとしたら、丹次さんはどうやってお金を工面したのかと気になりまして」

「気になるって、まさか悪いお金という意味ですか」

おくにが語気を強める。

「いえ、丹次さんでないのならいいのです」

藤十郎が一歩引くと、おくにが不安げに、

「どうなんですか。何かそのようなことが？」

と、問い掛けてきた。

「丹次さんからなのですね」

「……そうです」

おくには認めた。

「丹次さんからいくら？」

「十両です」

おくには答えたあと、

「丹次さんをご存じなのですか」

と、立ち止まってきいた。

「ええ。それほど親しい付き合いはないのですが」

「丹次さんはあるお方からお金を借りたと言っていました」

「そうですか。そう言っていましたか」

「ほんとうに、十両を貸してくれるお方が丹次さんにはいたのでしょうか」

「そう言うのですから、ほんとうではありませんか」

藤十郎は話を合わせた。

「そうですか」

　おくには安堵《あんど》したように呟く。

「ただ、借りたお金は返さなければなりません。これ以上、丹次さんがお金を借りたら、返すのがたいへんになります。丹次さんはあなたたち母子のためになんでもするに違いありません。そこが心配なんです」

「丹次さんは……」

　おくにが真剣な眼差しで、

「なぜ、私たちにそこまでしてくれるのでしょうか。子どもが病気になったら必ず金を作ってくると言ってくれ、そのとおりにしてくれました。困ったときはお互いさまだと言うだけで……」

「そうですか」

　丹次は茂助のことをおくににも話していないようだ。

「失礼ですが、あなたのふた親は？」

「母は数年前に亡くなりました。父は……」

　おくにの言葉が詰まった。

「父は私が五歳のとき、母と私を捨てて家を出ていきました」

「そうですか。その後、お父さまとは？」

「一度も会ったことはありません。生きているのか死んでいるのかもわかりません」

「会いたいとは思わないのですか」

「ずっと父を恨んできました。でも、不思議ですね。時々、子どもたちを会わせてやりたいと思うことがあるんです。母と私を捨てた冷たい父なのに……」

おくには寂しそうに笑ったが、ふと表情を引き締め、

「なぜ、父のことを？」

と、きいた。

「ひょっとして、父を知っているのですか」

おくには藤十郎にすがりつくようにきいた。

「あなたはお父さまに会いたいと思いますか」

「やっぱり、父を知っているのですね」

「丹次さんが、なぜあなたにそれほど親身になっているのか。もう一度、そのわけをきいてみたらいかがですか」

茂助とおくにを会わせてやりたいと思ったが、それを決めるのは自分ではない。藤十郎は、丹次に託したのだ。

「お出かけのところをお引き止めして」

藤十郎は謝り、呆然としているおくにを残して立ち去った。

次に、藤十郎は池之端仲町に向かった。

『三河屋』を訪れ、女中に案内されて客間に向かう途中、内庭をはさんで向こう側の廊下で忠右衛門と印半纏の男が話し込んでいた。

「先客がありましたか」

藤十郎は女中に声をかけた。

「いいえ、大工の親方です。御数寄屋町の大治郎さんです」

あの男が大治郎か。

「あの若さで親方とはたいしたものだ」

「先代の息子さんですから」

女中は少し冷ややかに言った。

「さあ、どうぞ」

女中は藤十郎を客間に通した。

ほどなく、忠右衛門がやってきた。

「お忙しいところをすみません」

いきなりの来訪を詫びた。

「いえ。それより何か」

忠右衛門が用件を促した。

「半吉さんと会ってきました」

藤十郎は切り出した。

「三河屋さんが、半吉さんの言葉を信じていると言うと、喜んでいました。ただ、五十両を盗んだ者が見つからない限り、ほんとうの解決にはならないということは半吉さんもわかっているようでした」

「そうですか」

「半吉さんから聞いたのですが、煤払いの日、半吉さんを呼びに『相模屋』の手代がやってきたそうです。それで、半吉さんは『相模屋』に向かった。後になって、これが嘘だったと、わかったそうです」

「嘘？」

「はい。『相模屋』のご主人は呼び出しの使いなど出していなかったそうです。つまり、何者かが嘘の使いで半吉さんを座敷から追い出し、そのあとに忍び込んで、隠し棚から五十両を盗んだのです」

「いったい、誰が……」

「あの隠し棚は御数寄屋町の先代の親方と半吉さん、そして親方の息子の大治郎さんの三人で作ったそうですね」

「そうです」

「半吉さんと大治郎さんは同い年で兄弟のように育ち、大工の腕を磨いてきた仲だそうですね」

藤十郎は確かめる。

「そうです」

「先代の親方が亡くなって大治郎さんがあとを継ぎ、半吉さんは独り立ちしたのですね。で、ふたりとも『三河屋』の出入りを許されている」

「そうです。御数寄屋町の親方のところだけでよかったんですが、私は半吉さんの腕を買っていましてね」

「そこなんですが、それまで『三河屋』の出入りを許されていたのは御数寄屋町の親方のところだけだったんですね。半吉さんは御数寄屋町の親方の弟子だから出入りが出来た。ところが、独り立ちしたあとも、三河屋さんは半吉さんに出入りを許した」

「ええ」

「それはなぜなんですか」

「ですから、半吉さんの腕を買っているからです。半吉さんは必ずや江戸一番の大工になる。いや、なってもらいたい。そういう思いから印半纏を作ってあげました」

「あの印半纏は、職人にとってはこの上ない名誉なのではありませんか」

「さあ、どうでしょうか」

「箔がつくのは間違いありません」

藤十郎は言い切り、

「大治郎さんはどう思っているのでしょうか」

と、少し声をひそめた。

「どう思っているとは？」

「三河屋さんは、半吉さんと大治郎さんのどちらを高く買っていらっしゃるのですか？」

「………」

忠右衛門は戸惑いを見せた。

「半吉さんですね」

藤十郎は核心に触れた。

「そうですね。大治郎さんは先代の息子さんだが、腕は半吉さんのほうが上です。先代も俺のあとを継ぐのは半吉のほうがふさわしいと言っていたことがあります」

忠右衛門は不安げな表情で、

「それが何か」

「今回の五十両の件ですが、盗んだ者は金が欲しいというより半吉さんを貶めることが目的ではなかったか。はっきり言えば『三河屋』の出入りを差し止めさせようとする狙いがあったのではないかと思われるのです」

「………」

忠右衛門の顔色が変わった。

「まさか、大治郎さんが？」

「証はありません。ただ、そういうことも十分に考えられるのではないかと……」

「いや、そうかもしれない」

忠右衛門が険しい顔になる。

「何か心当たりは？」

「じつは、大治郎は半吉の悪い噂を流していたことがあります。親方の内弟子だったころ、半吉は親方の金をくすねたことがあったとか、もともと手癖が悪かったなどとあちこちで言いふらしていたようです」

忠右衛門は、

「しかし、まさか、大治郎が……」

と、憤然として呟いた。

「まだ、そうだと決まったわけではありません」

「そうですが……」

忠右衛門は手を叩き、女中を呼んだ。

「すまないが、番頭さんを呼んでおくれ。格太郎を」

「はい」

女中が返事をして去っていく。

「番頭さんが何か」

「五十両がないとわかったとき、半吉が怪しいと言い出したのは番頭なんです。番頭は大治郎とは親しくしていますので」

忠右衛門は顔をしかめた。

しばらくして、番頭の格太郎がやってきた。

「旦那さま、お呼びでしょうか」

と、障子を開ける。

「入りなさい」

「はい。失礼します」

格太郎が入ってきて、藤十郎に会釈をして敷居の近くに座った。

「番頭さん。煤払いの日のことできさたいことがある」

忠右衛門が切り出した。

「隠し棚から五十両がないと忠太郎が騒いだあとで、番頭さんが一番最初に半吉のことを言ったね」

「はい、そうです」

「なぜ、半吉が怪しいと思ったんだ？」

「それが何か……」

格太郎は不安そうな顔をした。

「いいから、私の問いに答えてもらおう」

忠右衛門は語気を強めた。

「は、はい」

格太郎はあわてて、

「じつは、半吉さんが『相模屋』に行ったあと、御数寄屋町の大治郎さんが近づいてきて、こう言ったんです。番頭さん、半吉の様子、おかしくありませんでしたかと。聞けば、さっき旦那の部屋から逃げるように出てきて、なにやら懐を気にしていた。ちょっと旦那の部屋を調べたほうがいいかもしれませんぜ、と」

「大治郎がそんなことを言ったのか」

「耳打ちされました。それで、五十両がなくなっていると若旦那が騒いだとき、大治郎さんの言葉を思い出して」

「なぜ、そのとき、大治郎がそう言っていたと口にしなかったんだ？」

「大治郎さんが耳打ちしたあとで、こんなことをあっしが言ったなんて誰にも喋らないでくれませんかと頼まれたんです。半吉のことを悪く言うのは気が引けるからと」

「ほんとうは大治郎に頼まれて、半吉が怪しいと言い出したんじゃないだろうね」

「いえ、そんなことは頼まれていません」

格太郎は首を横に振り、

「旦那さま。いったい何があったんでしょうか」

と、困惑した体できいた。

「うむ」

忠右衛門はため息をつき、

「番頭さんにはまだ話していなかったが、五十両を盗んだのは半吉ではないようだ」

「えっ。でも、半吉の住まいに五十両あったではありませんか。手代の和助が取り返してきました」

「番頭さん」

藤十郎が口をはさんだ。

「その五十両は同じ日の夜に掏られたものでした。掏摸がその五十両を半吉さんに預けたのです」

「そんな偶然が……」

「番頭さんは、新黒門町の『京福堂』という茶道具屋を知っているかえ」

忠右衛門がきいた。

「ええ、知っています」

「そこに、品物の代金五十両を持っていく途中に掏られたそうだ。同じ日に、この店で五十両が盗まれた。半吉も運が悪かった……」

忠右衛門は無念そうに言う。

「半吉さんは無実だったってことですか……」

格太郎はため息混じりになった。

「そうだ」

「たいへんなことになってしまいました。出入り差し止めだということで、旦那を訪ねてきた半吉さんを追い返してしまったこともありました」

「番頭さんの責任じゃない。私の責任だ」

忠右衛門は呻くように言う。

「ところで、隠し棚に五十両あることを、大治郎はいつどうして知ったのでしょうか」

藤十郎は確かめる。

「それも私です」

忠右衛門が続ける。

「御数寄屋町の先代の親方の法事のとき、あの隠し棚を作ってもらって重宝しているという話を大治郎にしました。そこにいつも十両を置いてあるとね。大治郎は十両が隠してあることは知っていた。あのときはたまたま五十両を仕舞っていたのです」

「そうでしたか」

それですべてが腑《ふ》に落ちたと、藤十郎は思った。

問題はこのあと、どう始末をつけるかだった。

三

夕方まで、半吉は藤十郎が引き上げたあとに生じた雲の上にいるような、あやふやな感じを引きずっていた。『三河屋』の忠右衛門は半吉の疑いを解いてくれたという。ただ、ほんとうの盗っ人が見つからないと、他の者が納得するかどうかわからないという。

他の者というのは、『相模屋』の惣兵衛や大工の棟梁の寛吉たちであろう。

ほんとうの盗っ人を見つけることが出来るかどうか、まったくわからない。それでも、忠右衛門の疑いが解けただけでも大きな前進だった。

一時のどん底から比べたら夢のようだ。

夕方になってお新の顔が脳裏を掠めた。あの男、丹次から言われて、目が覚めた。昨夜は僻《ひが》みと嫉妬からお新に辛く当たってしまった。早く会って詫びたい。

今からでは少し早いが『桃乃井』は客を入れるだろう。そう思って、外出の支度をしようとしたとき、

「ごめんください」

声がして、戸が開いた。

入ってきた若い男を見て、あっと声を上げた。

「和助さん」

『三河屋』の手代の和助だった。

「半吉さん。お久しぶりでございます」

和助は畏まって挨拶する。

「何か……」

半吉は警戒ぎみにきいた。

「じつは旦那さまがぜひお会いしたいと申しているのです。お出で願えませんか」

「旦那がですかえ」

「ええ、ぜひにと」

「どちらに？」

「『三河屋』まで」

「でも、あっしは敷居を跨げない身ですから」

半吉はちょっぴり抵抗を見せた。

「そのことなら、もう心配いりません」

半吉を疑い、ここから五十両を持ちだしたことなどおくびにも出さず、和助はにこやかに言う。

「どうしてですかえ。行ってみたら、また門前払いだなんていやですからね」

半吉はもう一度抵抗をみせた。

「もうそんなことありません。旦那さまは半吉さんに謝らなきゃならないと言ってました」

「謝る？　何を謝ってくれるんでしょう」

「それは……」

和助が戸惑ったように俯いた。疑いが晴れたということは、忠右衛門はまだ奉公人たちには詳しく話していないのかもしれない。

これ以上、和助を困らせても仕方ない。

「わかりました。お伺いいたします」

と、半吉は約束した。

「そうですか」

和助はほっとしたようすで、

「じゃあ、私が店先で待っていますので」

和助が引き上げたあと、半吉は夢ではないかと思った。だが、藤十郎に続いての和助の登場だ。間違いない。小躍りしたくなったが、その思いはすぐに萎《しぼ》んだ。

忠右衛門が自分の非を認めたらしいことを喜ぶ一方で、地獄の底まで落とされた悔しさが蘇ってきて、複雑な思いがした。

それでも落ち着いてくると、心が弾んできた。堂々と『三河屋』に行けるのだ。半吉はすぐに長屋を出た。


四半刻（三十分）後、半吉は庭に面した座敷で、忠右衛門を待っていた。

盗っ人呼ばわりされた屈辱が蘇るが、忠右衛門の顔を見ると、胸の底から込み上げてくるものがあった。

「旦那、お久しぶりでございます」

思わず、半吉は畳に突っ伏した。これまでの恨み言を並べてやろうという思いはどこかに消えていた。

「半吉、この通りだ。許してくれ」

いきなり忠右衛門から謝られて、半吉はうろたえた。

「旦那、よしてください。お顔を上げてください」

半吉はあわてて言う。

「いや、おまえにはとんでもないことをした。おまえが盗みを働くような男ではないことを知っておきながら、おまえを疑うなんて」

忠右衛門は言い訳する。

「旦那のせいじゃありません。あっしをはめようとした者がいるんです。そいつの思う通りになったんです」

怒りを抑えて言い、半吉はさらに続ける。

「それに、見知らぬ男からあっしが五十両を預かってしまった。すべてに間が悪かったんです」

「そう言ってもらうと私も救われる」

忠右衛門はほっとしたように言い、

「この間、どうしていたんだね」

と、きいた。

「へえ。『相模屋』さんからも出入りを止められ、大工の棟梁にも仕事をまわしてもらえなくなり、毎日泣いて暮らしていました」

「辛かったろうな」

忠右衛門はいたわるように、

「きっとこの埋め合わせはさせてもらうよ」

と、はっきり言った。

「いえ、今までどおり出入りを許してさえいただければ十分でございます。ただ」

と、半吉は口調を改めた。

「あっしは預かった五十両を返すことが出来ませんでした。出来ることなら、五十両をそのひとにお返ししたいのです」

「いや、それは当然だ」

忠右衛門は言ってから、

「ただ、おまえに五十両を預けた男は掏摸だという話だ。その金を掏られたひとにではなく、掏摸の男に返すのか」

と、やや顔色を変えた。

「あっしはそのひとが掏摸かどうかは知らないのです。そのひとがどういう経緯で五十両を持っていたのかも知りません。ただ、そのひとから五十両を預かり、そのひとが受け取りに来たときに五十両を返せなかったということが、事実としてあっしに重くのしかかっているのです。あっしはそのひとに五十両が手元にない理由を話しました。いい加減なことを言うなと怒ると思ったら、そのひとはあっしの言うことを信じてくれたのです。あのころ、あっしの言うことを信じてくれたのはそのひとだけなんです。だから、あっしの手でお金を返してやりたいのです」

半吉は思いの丈を夢中で吐き出した。

「そうか。わかった。おまえさんの望むとおりにしよう」

「えっ、返してくださるんですか」

「そうだ。今、五十両、用意させる。最初から、そのつもりだったのだ」

「ありがとうございます」

半吉は礼を言ったあと、

「そのひとはすでに十両を返してもらっているので、あと四十両だと言っていました」

「なるほど」

忠右衛門は微笑んで、

「私もそのひとに会ってみたくなった」

と言い、手を叩いた。

やってきたのは内儀だった。

「半吉さん、辛い思いをさせてすみませんでしたね。私からも謝ります。疑いが晴れてようございましたね。これからもよろしくお願いいたしますよ」

「はい、ありがとうございます」

半吉は深々と頭を下げた。

「用意したもの、持ってきておくれ」

忠右衛門が言う。

「はい」

内儀がいったん下がって袱紗《ふくさ》に包んだものを持ってきた。

「では、これを」

「はい」

半吉は受け取って中身を見て、

「五十両ありますので十両をお返しします」

と、忠右衛門のほうへ戻した。

「いや、十両はおまえが仕事が出来なかったぶんの埋め合わせにとっておきなさい」

「いえ。それは出来ません。盗っ人が捕まってお金が返ってきたというならともかく、お志だけ、ありがたく受け取っておきます」

半吉は断った。

「そうか、わかった」

忠右衛門は十両を差っ引いて、残りを袱紗に包み直して寄越した。

「ありがとうございます」

半吉は恭しく受け取って、

「このお金は責任を持ってお返ししておきます」

「うむ」

忠右衛門は頷いてから、

「半吉。じつは、五十両を盗み、おまえさんに罪をなすりつけた者がわかった。いや、まだ本人を問い詰めたわけではないので、はっきりしたわけではないのだが……」

「誰ですかえ」

半吉はきき返した。

「大治郎だ」

「えっ？」

半吉は耳を疑った。

「まさか。冗談でございましょう。大治郎はあっしと兄弟のように育ち、厳しい修業に堪えてきた仲です。それに、大治郎は金に困ってはいないはずです。確かに、五十両という大金に目がくらむこともありましょうが、大治郎に限って……」

「お金が狙いじゃない」

「お金じゃなくてなんですか」

「嫉妬だ」

「嫉妬?」

半吉は首をかしげた。

「大治郎が誰に嫉妬しているというんですかえ」

「わからないのか」

「わかりません」

「そうか。わからないのか」

忠右衛門は顔をしかめて、

「大治郎が嫉妬している相手は半吉、おまえさんだ」

「なんですって」

思わず素っ頓狂な声を上げた。

「大治郎がなんであっしなんかに嫉妬するんですか。大工の親方の家に跡取りとして生まれ、今は代を継いで親方じゃありませんか。それに引き換え、あっしは裏長屋に住む出職《でしょく》の大工に過ぎません。嫉妬なんてありえません」

半吉は一笑に付した。

「職人はそんな境遇に嫉妬しまい。職人にとって大事なのは腕だよ」

忠右衛門は厳しい顔で続ける。

「生前、先代の親方はよくこう言っていた。俺のあとを継げるのは半吉だけだと」

「親方が？」

「そうだ。おまえさんは昔から仲間が遊びに行っても、自分だけ鉋掛けの稽古をしたり、鑿を使っていたりしていたそうだな。そういう姿を見て、不器用な野郎だが、こいつは物になると先代は思っていたそうだ。俺の見込んだとおりになったと、目を細めていた」

「親方はそこまであっしのことを……」

「私も半吉さんの腕を買っていたから出入りしてもらうようになったんだ。そういう雰囲気はおそらく大治郎も感じていたんだ」

「…………」

「大治郎は恐れていたんだ。いずれ、半吉が弟子をとり、親方と呼ばれるようになったら、『三河屋』の出入りは半吉だけになるんじゃないかと」

「大治郎がそんなことを考えていたなんて」

「まだ、大治郎に確かめたわけじゃない。だが、この推量に間違いないだろう」

「旦那。もし、五十両を盗んだのが大治郎だとしたら、大治郎はどうなるんですか」

「どうするかは、本人に確かめたあとだ。だが、少なくともうちは出入り差し止めとなろう」

忠右衛門は厳しい口調で言った。

何か言おうとしたが、半吉は声にならなかった。

「半吉、おまえさんが無実だったことは『相模屋』さんにも私のほうから話しておく。また、大工の棟梁のほうも、私から話してもいい」

「旦那」

半吉は畳に手をついて、

「お願いです。大治郎のことはまだ口にしないでいただけませんか。あっしが大治郎と話してみます」

「今夜、ここに大治郎を呼んである。この件は、まず私から大治郎に問い質す。おまえさんが大治郎に会うのはそれからだ。いいね」

「へい」

「じゃあ、これからも『三河屋』を頼みましたよ」

「へい」

半吉は複雑な思いで頭を下げた。

その夜、半吉は『桃乃井』に上がり、お新の部屋に入った。

「昨夜はすまなかった。取り乱して」

半吉はお新に詫びた。

「私こそ、ごめんなさい。こんな商売じゃなければ、何があっても半吉さんのところに行けたのに」

　お新が俯く。

「そのことをわかってやれなかった俺が悪いんだ」

「よかった。もう、怒って来てくれないかと思って涙が止まらなかったのよ」

「そうだ。おめえに頼みがある」

「なに？」

「これを預かってもらいたい」

　半吉は『三河屋』から預かった四十両を包んだ袱紗を渡した。

「まあ、こんなに。どうしたの？」

　お新は不安そうな顔をした。

「俺の金じゃねえんだ。預かったものだ。明日、俺の知り合いという三十ぐらいの細身の男がこの金を取りに来るんだ。来たら、渡してもらいてえ」

「わかったわ。でも、こんな大金、私みたいな女に預けていいの。どこの馬の骨だかわからない女よ」

「そうじゃねえ。おめえは俺が惚れた女だ」

「……………」

お新はまた俯いた。

「どうした？　泣いているのか」

「うれしいの」

「お新」

半吉はお新の肩を抱き寄せ、

「俺は疑いが晴れて、大工に戻れることになったんだ」

「ほんとうに？」

「ああ、ほんとうだ」

「そう……」

「どうした、そんな顔をして。喜んでくれねえのか」

「だって……」

「だって、なんだ？」

「半吉さんは自分が不遇だったから私みたいな女を相手にしてくれたんでしょう。大工としてばりばり仕事をしていたら、いろんな女のひとも寄ってくるでしょうし、いつか私のことなんか忘れてしまうわ」

お新は涙ぐんだ。

「ばか言え。俺はそんな不実な男じゃねえ。いっぱい稼いで、いつか、おめえを身請けして俺の女房にする」

半吉はお新の体を抱き締めた。

「嘘でもうれしい。いっときでも夢が持てるもの」

「嘘じゃねえ。きっとおめえを女房にするんだ」

半吉はうわ言のように何度も口にし、それに応えるように、その夜も甘く激しいひとときを過ごした。

四

その夜、店を閉めたあとで、真木陽一郎が藤十郎を訪ねてきた。

少し興奮しているようだった。

店の土間で、陽一郎が藤十郎に訴えた。

「お願いです。掏摸の男に会わせてください。あなたは掏摸に心当たりがあるのですよね」

「いきなり、どうしたのですか」

「あなたが、水島三之助と高井哲之進に疑いを向けていたのでひそかに調べてみました。ふたりとも金に困っているとか、どうしても金が必要だとかということはありませんでした。でも」

陽一郎は息継ぎをし、

「水島三之助に気になることが……」

と、あとの言葉を呑んだ。

「何があったのですか」

「いえ、それは……」

「あなたと水島三之助どのは、何かのことで競い合っているのですね」

「そうです。でも、そのために私を陥れるなんて信じられないのです。ですから、掏摸の男にほんとうのことをききたいのです。その代わり、お金は返してもらわなくても構いません。『万屋』さんからお借りしたお金は私が他の手段で用意いたします。それより、今の私には信じていた友が私を裏切ったかもしれないということのほうが重大なのです」

陽一郎は訴えた。

「わかりました。掏摸に話してみます。でも、あなたに会うとは思えません。共犯の仲間を裏切ることになりますからね。ただ、誰と組んでいたのか、私が問い詰めてみます」

「それでも構いません。水島三之助かどうか、そのことが知りたいのです。では」

「待ってください。何が問題なのか、教えていただけませんか。そのことを知っていたほうが、掏摸を説き伏せるにもいいと思いますので」

「………」

陽一郎は迷っていたが、

「では、お話しいたします」

と、意を決したように顔を上げた。

「じつは私は来年、国に帰ったら、上役の娘御との縁組が待っているのです。ところが、三之助もこの娘御に気がありました。でも、私と娘御の話がまとまると、三之助は私のために喜んでくれたのです。ですから、祝福してくれているとばかり思っていたら、つい先日、高井哲之進がこんなことを漏らしたのです」

ふうと、ひと息吐き、

「私が『万屋』さんから五十両を借りられたと知ったあと、三之助はよけいなことをしやがってと呟いたそうです。『万屋』さんが五十両を貸したことを指していると思われます」

「なるほど。じつは、私は一度、浪人に襲われたことがあります」

「襲われた？」

「そのあたりのことと関わりがあるかもしれませんね。まあ、確かめてみます」

「三之助は心の中では私を恨んでいる。そんな気がしています」

「そうそう、あなたが五十両を掏られたあと、『京福堂』に一日延ばしてもらうように言いに行かれましたね。そのとき、品物の持ち主は『京福堂』にいたのですね」

「はい、品物を持っていました」

「あなたは当然会っていないのですね」

「ええ。顔を出しませんでした。『京福堂』の主人がそのひとに伝えに……」

「なぜ、顔を出さなかったのでしょうか」

「さあ」

「次の日、お金を持っていったのは夕方でしたね」

「そうです」

「そのとき、品物の持ち主は『京福堂』にいたんですか」

「いえ、いなかったようです。品物も『京福堂』の主人が出しました。お金も主人に渡しました」

「どうやら、品物の持ち主は夜しか出かけてこられなかったようですね」

煤払いの夜か、藤十郎は呟く。

陽一郎が引き上げたあと、藤十郎は先ほど無意識に呟いたことを思い出した。

煤払いの夜……。

最初から品物の取引が夜であることに引っ掛かっていた。その日はふつうの日の夜ではなかった。煤払いの日だ。

藤十郎はある考えに達していた。


翌朝、藤十郎は新黒門町の『京福堂』を訪ねた。

「ご主人、ちょっと確かめたいことがありましてね」

「なんでございましょうか」

「早瀬家で買った品物の取引は煤払いの日の夜に行なわれることになっていましたね。なぜ、夜なのかというと、品物を売るほうの都合だということでしたね」

「そうです」

「つまり、正規な取引ではないということですね」

「まあ、密《ひそ》かに売りたいという売り主の希望で」

「なぜ、煤払いの日の夜だったのでしょうか」

「たまたまでしょう」

「ひょっとして、売り主はどこかの大店の番頭か手代では？　主人から頼まれたのではなく、大掃除のとき、土蔵にあったものを勝手に持ってきたのでは？」

「まさか」

主人の顔が強張ったように見えた。

「あなたは早瀬家の用人からその品物の希望を聞いていた。その品物を持っている大店のご主人を知っていた。だが、そのひとは売りそうもない。そこで、その大店の手代を手なずけ、煤払いの大掃除のどさくさに紛れてその品物を持ってこさせた……」

「………」

「別にこのことをどうのこうのと騒ぎ立てるつもりはありません。ただ、なぜ取引が夜だったかを知りたかっただけなんです。失礼しました」

藤十郎は顔をしかめている主人に挨拶をして『京福堂』を出た。

藤十郎は御成道を通って浜町堀に向かった。丹次に会うためだ。

筋違橋に差しかかったとき、三十ぐらいの細身の男が橋の欄干を覗き込んでいる。丹次だ。

藤十郎は丹次の奇妙な動きを見ていた。丹次は欄干の下にしゃがんで何かを取りだした。紺の手拭いだ。

拾った手拭いを懐に仕舞い、橋を渡っていった。藤十郎は追いかけた。

「丹次さん」

橋を渡り終えた丹次を呼び止めた。

丹次ははっとしたように振り返った。

「あんたか」

丹次は口元を歪めた。

「これからあなたのところに行こうとしていたんです。ちょうどよかった」

「なんですね」

丹次は迷惑そうな顔をした。

「向こうに行きましょう」

藤十郎は丹次を誘い、土手を柳森《やなぎもり》神社に向かった。

「あっしに何の用があるんですね」

歩きながら、丹次は不満そうに言う。

「あっちに」

神社の脇から川っぷちに下りた。川船が下っていく。

「あなたがまた掏摸に戻ったのは茂助さんの娘さんのためだったのですね。おくにさんです」

「…………」

「茂助さんは、どんな理由があろうと、あなたを掏摸に戻したくないのです。おくにさんだって、あなたがそんなことをして得たお金をもらって喜ぶと思いますか」

何か言おうとして、丹次は顔を向けたが、すぐ川のほうに戻した。

「いいですか。もう二度と危ない真似はしないように。茂助さんもそのことを気にしてました」

「茂助さんの娘さんを助けてやりたかったんですよ。子どもが病気になって高価な薬が必要だってきいて……」

「そんなとき、偶然にも五十両を掏るという話を持ち込まれたのですね」

「ええ」

「誰ですか。その話を持ち掛けたのは？」

「それは勘弁してください。悪いこととはいえ、そのひとの立場に関わりますんで」

「その者はなんのために、真木どのから五十両を盗もうとしたのかご存じですか」

「知りません。ただ、藩の金だから五十両掏られても、誰も傷つかないからと」

「それは違います。真木どのは掏られた五十両が取り戻せなければ腹を切る覚悟をしていました」

「まさか」

「あなたは藩の金だから関係ないと思っていたでしょうが、藩の金を盗られたという失態は、真木どのの人生を激変させるに十分だったのです」

「…………」

「あなたが、その相手の名前を言えなければ、私がある男の名前を出します。違うのであれば違うとはっきり言ってください。相手は水島三之助どのではありませんか」

丹次は顔色を変えた。

「そうなんですね」

「………」

無言であることが、その通りであると、雄弁に物語っていた。

「真木どのは帰国後、上役の娘御との縁組が待っているそうです。水島三之助どのもその娘御に好意を寄せていた。真木どのが失態をすれば縁組も解消される。水島どのはそう踏んだのではないかと、真木どのは疑っている。親友と思っていた水島三之助どのにそのような疑惑を向けること自体、真木どのにとっては五体を引き裂かれるほどの苦痛なのです。だから、真相を知りたいそうです。金は返してもらわなくてもいいから、そのことを知りたいと」

丹次はしゃがみ込んだ。

「昔の掏摸仲間が話を持ち込んできたんです。自分は年を取ってできないが、おまえさんならまだやれると言われて。それで水島三之助に引き合わされて。掏摸仲間とは博打場で知り合ったようです。五十両を掏ってもらいたいと頼まれたのです」

丹次は言葉づかいを変えていた。

「掏った五十両はすべておまえにやるという、うまい話でした。その金が手に入れば、おくにさんの子どもの薬代が出来る。そう思ったら、引き受けていました。当夜は水島三之助が目配せで伝えたお侍の懐を狙いました。でも、失敗しました。昔なら気づかれることはなかったのに、気づかれて追いかけられました」

丹次は自嘲ぎみに口元を歪め、

「その途中、筋違橋で半吉さんに出会いました。大工の普請場で見かけたことがあったんです。『三河屋』の印半纏を着ていたので、『三河屋』からも信用されている男だと思い、五十両を預けたのです。まさか、その金のために、半吉さんが盗っ人にされたなんて……」

「その後、水島三之助に会いましたか」

「会いました。せっかく金を盗んだが、質屋の『万屋』が五十両を貸したために目論見が狂ったと言ってました。その『万屋』の主人があっしに目をつけてやってきたと話したら、水島三之助は狼狽していました」

「なるほど。やはり、水島三之助の差し金に違いなさそうです」

「何がですか」

「私を襲った浪人のことです」

藤十郎はそのときのことを話した。

「そうだったのですか、ひでえ野郎だ」

丹次は水島三之助に怒りをぶつけた。

「丹次さん、もうこの件から手を引き、茂助さんやおくにさんたちのためにもまっとうな暮らしをしてください」

「へい」

「それから、これは余計な口出しになりますが、茂助さんとおくにさんを会わせてあげたらいかがですか。茂助さんは病人の男が父親だと名乗っても、娘に迷惑をかけるだけだと言ってましたが、本心では会いたがっているんですよ。孫の顔を見たら、茂助さんも元気になるんじゃないですか。おくにさんも父親に会いたがっていました。子どもを見せたいと言ってました」

「わかりました。そうします」

丹次は約束をしたあと、じつはと、懐から紺の手拭いを取りだした。

藤十郎は丹次の話を聞き終え、ある算段をした。

半吉は今朝早く、筋違橋まで行き、欄干の下の柱に丹次から預かった紺の手拭いを結わえつけてきた。

今日中にも、丹次はお新から四十両を受け取るだろう。

それで、その一件は落着するが、もうひとつの難題が半吉を苦しめていた。『三河屋』の盗難だ。

半吉は自分をはめた相手が大治郎だったということを知って、胸を抉《えぐ》られたような激しい痛みを感じていた。

兄弟のように育ってきた。まさか、大治郎がそんな嫉妬をしているなど想像もしていなかった。

それで大治郎が『三河屋』から出入り差し止めになれば、自分が受けたと同じ境遇になる。自業自得であるが、それでは先代の親方が草葉の陰で泣くことになる。そのようなことは堪えられない。

大治郎はそんなに性根が腐っているとは思えない。半吉はじっとしていられなくなった。

昨夜、忠右衛門は『三河屋』に大治郎を呼ぶと言っていた。そこで問い詰められ、大治郎は言い逃れは出来なくなったはずだ。すべてを認めたか。

すでに、忠右衛門は大治郎に制裁の断を下したか。いや、まだ、間に合うかもしれない。

半吉は長屋を飛び出し、『三河屋』までひた走った。

「旦那」

店先に駆け込み、番頭に至急に旦那に会いたいと頼んだ。番頭の格太郎はすぐに奥に行き、女中といっしょに戻ってきた。

「半吉さん、どうぞ」

女中が半吉を座敷に案内した。

忠右衛門が待っていた。

「失礼します」

半吉は忠右衛門の前に畏まった。

「どうしたね」

「旦那。昨夜、いかがでしたか。大治郎は？」

「認めたよ」

「認めた……」

「やはり、おまえへの嫉妬からだそうだ。このままなら、いつかおまえに取って代わられると危機感を抱いたそうだ」

「…………」

「旦那。大治郎はどうなりましょうか」

「どうとは？」

「『三河屋』の出入りは差し止めに？」

「そうなるな」

「旦那。どうか、そればかりは……」

半吉は訴えた。

「大治郎の腕だって決して拙くありません。先代の親方の血を引いているんです。これからもっと上達し、きっと名人と言われるようになりましょう。旦那、どうかそこんとこをご配慮、いただけませんか」

「半吉、大治郎を見逃せと言うのか」

「へえ。寛大なお取り計らいを……」

この通りと、半吉は畳に額を押しつけるようにして頼んだ。

「おまえを盗っ人に仕立てた相手だ。それで、おまえはどうなった。いろんなところから出入りを止められ、大工の仕事を取り上げられた。『相模屋』の旦那や大工の棟梁におまえが盗みをしたと告げ口したのは大治郎だ。そんな目に遭わせた張本人が憎くないのか」

「憎い。そりゃ、憎い。でも、それ以上に、大治郎はあっしにとっちゃ兄弟のようなものなんです。あっしは先代の親方にどんなに世話になったか。ご恩返しが出来ないまま、先代は逝ってしまわれた。ご恩返しは大治郎に向ける。あっしはそう誓ったんです」

「………」

「旦那。お願いです。先代をあの世で泣かすようなことはさせられないんです。それをするぐらいなら、あっしが盗っ人のままでいい。旦那、あっしが五十両を盗んだことにして、大治郎のお目溢《めこぼ》しを」

そのとき、いきなり襖が開いて、大治郎が飛びこんできた。

「半吉。すまねえ」

大治郎は半吉の前に身体を投げ出して、

「この通りだ。俺が愚かだった。おめえに嫉妬して、ばかな真似をしてしまった。許してくれ」

「大治郎さん……」

半吉は唖然とした。

「大治郎はきょう五十両を返しにきた。盗んだ金には一切手をつけていなかった」

忠右衛門が口をはさんだ。

「だが、やったことは許されぬことだ。そのために、半吉が犠牲になるなどとんでもない」

「そこをなんとか。旦那、そこをなんとか」

「半吉。ありがとうよ。もう、いいんだ」

と、大治郎が遮った。

「旦那の言う通りだ。俺がしたことは許せることじゃねえ。俺の代わりにおめえが犠牲になるなんてことはあってはならねえ」

「大治郎さん」

半吉は声を震わせた。

「俺は昨夜、旦那から問い詰められたあと、一晩考えた。そして、決めたんだ。半吉、聞いてくれ」

「…………」

「俺は大工をやめる」

「えっ？」

「おめえは俺のあとを継いで、御数寄屋町の親方になって、弟子たちを守ってくれねえか。俺が親方より、そのほうがよほどいい」

「ばか言うな。そんなこと出来るはずねえ。それに、俺にはまだ無理だ。俺には下の者を引っ張っていく器量はねえ。それは大治郎さんにしかねえ」

半吉は訴える。

「半吉。このことは旦那にも了承してもらったんだ」

「えっ」

半吉は忠右衛門に身を乗り出し、

「旦那。いけねえ、そんなこと出来ねえ。大工の腕は大治郎さんよりあっしのほうが少しは優れているという自負はあります。ですが、大勢の職人を束ねていく力はあっしにはありません。それこそ、大治郎さんのほうがあっしよりはるかに優れています。旦那、どうか、お願いです」

「だめだ」

忠右衛門は強い口調で言う。

「ことを納めるには、誰かが悪者にならなければ世間には通用せぬ。事実は事実だ。今、大治郎が言ったように私はことを進める」

「旦那っ」

半吉は絶叫した。

先代の親方の悲しげな顔が脳裏を掠め、半吉は畳に突っ伏して嗚咽《おえつ》をもらしていた。

五

夕方、藤十郎は深川の常磐町に足を向けた。

『桃乃井』という女郎屋を探し出し、その店先に向かった。女がふたり、客引きをしていた。

藤十郎は近づき、どちらへともなく、

「お新さんに会いたいのですが」

と、声をかけた。

若いほうの女が一歩前に出て、不思議そうに、

「お新は私です」

と、名乗り出た。寂しそうな目をした女だ。

「私は半吉さんの知り合いで藤十郎と言います。少し、お話をしたいのですが」

「かまいませんが、私は外に出られません」

「あなたの部屋で。客として入ります」

「わかりました」

戸惑いながら、お新は藤十郎を二階の部屋に通した。

差向かいになって、藤十郎は口を開いた。

「半吉さんから預かったものをお持ちですか。じつは丹次というひとの代わりでやってきました」

「そうですか」

お新は立ち上がり、隣の布団が敷かれている部屋に行き、ごそごそしていた。そして、袱紗に包まれたものを持ってきた。

「どうぞ」

「お預かりします」

藤十郎は袱紗を開いて確かめた。四十両、間違いなくあった。

「半吉さん、このお金をどうしたのでしょうか。何か悪いお金じゃないかってずっと心配で」

「だいじょうぶですよ」

「よかった。半吉さん、疑いが晴れて、大工さんに戻れるのですよね。その話はほんとうですね」

「聞いていましたか。そうです。半吉さんは何も悪いことをしていないとわかって、今までのように大工として活躍していくでしょう」

「安心しました」

そう言いながら、寂しげな笑みを浮かべた。

「どうしましたか」

お新の目尻に涙が見えた。

「いえ。口では私に気をつかってまた来ると言ってくれたけど、大工の仕事がはじまれば、私のことなど忘れてしまうと思って。でも、半吉さんのためですもの、喜んでやらないと……」

お新は嗚咽をもらした。

「あなたは半吉さんのことが……」

「半吉さんが一番苦しいときにいっしょに死のうと言ってくれたんです。あのときが、私には一番仕合わせだったのかもしれません」

お新ははかなく笑った。

「半吉さんはまた来ますよ」

「いえ、来ちゃいけません。これからどんどん男を売っていく大事なときにこんな場末の女を相手にしてはいけません。私がそう言っていたと伝えていただけますか」

「それでも来ると言ったら？」

「半吉さんはそう言ってくれました。でも、来ないと思います。私なんか……」

お新は涙声で言う。

「お新さん。ご自分を信じなさい」

藤十郎はお新の心を見極めるように続けた。

「どのような境遇であれ、まことの心は捨てられません。あなたは半吉さんのことをどう思っているのですか」

「私は……」

お新は言いよどんだが、続けた。

「夢を持たないことにしました……」

あとは嗚咽で言葉にならなかった。

翌朝、藤十郎は『三河屋』に忠右衛門を訪ねた。

「きのう、掏摸の男から四十両を返してもらいました。このお金は『三河屋』さんから出ているので、お返しいたします。あとの十両は働いて必ずお返しすると約束してくれました」

そう言い、藤十郎は掏摸の男丹次がなぜ足を洗ったのに、また元の稼業に戻ったのかという事情を話した。

「そうだったのですか」

「あの十両で、母子が救われました」

「そういうわけでしたか。これは私どもが早まって半吉から取り上げたものをお返ししたのですから、どうかその掏摸の男から真木陽一郎さまにお返しいただきたいと思います」

忠右衛門は十両を新たに取りだし、

「都合、五十両を真木さまに」

「しかし、掏摸の男はすでに十両を盗っています」

「いえ、あれは他人《ひと》さまのお金を強引に持ってきた私の謝罪のつもりでおります。母子を助けるという生きたお金の使い方をしていただいたことに、かえって感謝したいくらいです」

「三河屋さん」

藤十郎は頭を下げた。

「それから、きのう、大治郎が手つかずの五十両を持ってきました。すべて罪を認めたのですが、ちと困っております」

忠右衛門は苦渋に満ちた顔をした。

「じつは、半吉が大治郎を助けてやって欲しいと。そのためなら、自分がこのまま五十両を盗んだという罪を引き受けると言ってきかないのです」

半吉と大治郎のやりとりをつぶさに、忠右衛門は語った。

「それで、ほとほと困っております。このまま、ふたりの思いを生かせば、おそらく世間は私が温情で半吉を許したのであって、金を盗んだのは半吉だという思いをずっと持ち続けるでしょう。半吉の名誉を回復するのは、五十両を盗った者を白日の下に晒《さら》さなければなりません。それは大治郎を潰すことになります。両者を助けるなど出来やしない。どうしたものかと……」

「三河屋さん。こんなことを申したらお怒りになるかもしれませんが、煤払いなのに、隠し棚に五十両を仕舞っていた落ち度は三河屋さんにおありかと」

藤十郎はきいた。

「そのとおりです」

「そのため、盗難騒ぎを引き起こし、半吉さんを地獄の底まで落とした。その責任は三河屋さんにもあると思います」

「それについては何の弁明もない」

「酷ないい方ですが、その責任をとられたらいかがでしょうか」

「責任をとる？　どうしたらいいんですか」

「忠太郎さんという立派な跡取りがいらっしゃいますね。三河屋さんは隠居して、代を忠太郎さんに譲られたらいかがでしょうか」

「…………」

「勝手なことを申してお許しください」

「隠居して、半吉と大治郎が救われるならよろこんで隠居する。だが、そんなことは考えられぬ」

「ひとつだけ手立てが」

「ほんとうですか。それは？」

忠右衛門は身を乗り出していた。

早瀬家の上屋敷の前で待っていると、真木陽一郎がくぐり門から出てきた。

「まず、これをお受けとりください」

藤十郎は五十両を渡した。

「これは？」

「掏摸の男が返して寄越しました」

「そうですか。で、誰に頼まれたと？」

「水島三之助どのでした」

「やはり、そうでしたか」

陽一郎は憤然と言う。

「どうしますか」

「わかりません。どうしたらいいのか」

「水島どのに、こう話したらいかがですか。先日の掏摸から五十両を返してもらったと。それだけで、水島どのは事態を察するのではありませんか」

「そうですね」

「考えてみれば、水島どのも可哀そうな男ではありませんか。あなたにすべて先を越され、嫉妬に苦しんでいたに違いありません。水島どのを許すか、許さないかはあなた自身の問題です」

「わかりました。どう対処すべきか考えてみます。改めて、『万屋』に刀を請け出しに参ります」

陽一郎はそう言い、屋敷に引き上げていった。


藤十郎はそれから浜町堀の丹次の『酔どれ長屋』に行った。

木戸を入って丹次の家に向かいかけたとき、丹次が茂助の家から出てきた。

「藤十郎さま」

丹次は畏まって挨拶をした。

「茂助さんがどうかしましたか」

茂助の家から出てきたことが気になった。

「いえ、ちょっとご覧ください」

丹次は茂助の家の戸を少し開けた。中から子どもの声が聞こえた。藤十郎は部屋を覗いて、あっと声を上げそうになった。

半身を起こした茂助を囲むようにおくにと五歳の男の子、三歳の女の子が座っていた。

「再会したのですね」

「はい。思い切っておくにさんに話したらぜひおとっつぁんに孫の顔を見せたいと。茂助とっつぁんだってほんとうは娘さんに会いたかったんです」

「そうでしょうね」

「茂助とっつぁんは、おくにさんが母親の形見の櫛を大事にしているのを知って喜んでいました。あの櫛は昔、茂助とっつぁんがおくにさんの母親に買ってやったものだそうです。茂助とっつぁんはその櫛を握って泣いていました」

「例の件はすべて片《かた》が付きました。これからは、茂助さんやおくにさん、そしてふたりの子に恥じない生き方をしてください」

「はい、必ず。罪を犯したことを忘れずに、つぐないの気持ちでまっとうに生きていきます」

丹次は真剣な目を向けて応じた。

大晦日のあわただしい日、半吉は神田須田町の『相模屋』の主人惣兵衛と座敷で会っていた。

「いくら、人伝てに聞いたこととはいえ、おまえさんを盗っ人呼ばわりをしてすまなかった。この通りだ」

「旦那、もういいんです。また『相模屋』さんに出入りが出来るようになっただけで、あっしは満足なんです」

「そうか、そう言ってもらうと助かる。尻馬に乗っておまえさんには、地の底を舐《な》めるような屈辱を味わわせちまったんだ」

　惣兵衛はやりきれないように顔をしかめ、

「それにしても『三河屋』の忠右衛門さんには呆れ返ったぜ。隠し棚の五十両を入れておいたのは勘違いで、別の場所にあったっていうじゃねえか」

「へえ」

「なんでも、土蔵の百両箱に五十両があるのを見つけて初めて、煤払いの前に自分で隠し棚の五十両を別の場所に移したことを思い出したんだって」

「へえ」

　半吉は身の竦《すく》む思いで聞いていた。

　忠右衛門がとった動きは半吉には衝撃だった。大治郎を救うために、自分を悪者にしたのだ。こういった騒ぎを起こした責任をとって隠居することになったと、得意先や周辺の者に挨拶してまわったのだ。

「まあ、今後も今までどおり、『相模屋』に出入りをしてくれ」

「ありがとうございます」

　それから、半吉は常磐町の『桃乃井』に向かった。

　部屋に入ると、お新が泣きながら半吉にしがみついてきた。お新の真心がじかに半吉の心に伝わってきた。

その夜、半吉は『桃乃井』に泊まり、ふたりで除夜の鐘を聞いた。いつか女房にする。その決意をお新もわかってくれたようだった。

正月の三が日が過ぎ、藤十郎の姿は『大和屋』にあった。藤右衛門と藤一郎とともに、表情は硬い。

譜代大名家から次男とおつゆとの縁組をなかったことにするという正式な知らせがあり、今後のことの話し合いをしていたのだ。

「父上」

兄藤一郎がいっときの沈黙を破って口を開いた。

「幕閣の中で出始めた『大和屋』不要の意見は、今後ますます広まっていくと見るべきではありませんか」

「………」

藤右衛門は腕組みをし、目を閉じている。

「これ以上の旗本・御家人の救済は益がないことはもはや明らかにございます。うちから金を借りた直参の方々はその後、じり貧です。これからはやみくもに助けるのではなく、助けるに値する者のみ助ける方向で考えるべきではありませんか」

「『大和屋』の役目は終わったと申すのか」

藤右衛門は目を開けた。

「残念ながら」

藤一郎は認めた。

「藤十郎はどう思うのだ？」

「私も兄上と同じく、金を貸し出すことで、旗本や御家人から直参の矜持を奪っていっていると思われます。自立を促す意味でも、安易に金を貸し出すことはやめるべきかと存じます。ただ」

藤十郎はぐっと身を乗り出し、

「庶民は金を借りたあと、たくましく立ち直っていく者が多いのです。『万屋』だけは今のままで」

「…………」

「父上、私も藤十郎の言うように『万屋』は庶民の味方として続けていくべきかと思います」

「うむ」

「その際、いかがでございましょうか。おつゆを探し出し、藤十郎に娶《めと》らせ、ふたりで『万屋』を盛り立てさせたら」

「おつゆの居場所はわかっているのか」

「はい」

藤十郎ははっきり答えた。

「父上、私からもお願いいたします。どうか、ふたりをいっしょにさせて……」

「藤一郎。わしは隠居をする所存だ」

「えっ」

藤一郎は目を見開いた。

「もうわしの時代ではない。これからの『大和屋』をそなたに託す」

「父上」

藤一郎は唖然とした。

「藤十郎、おつゆを早く呼び寄せてやれ」

藤右衛門はいつにないやさしい口調であった。

「ありがとうございます」

藤十郎は藤右衛門から藤一郎に顔を向け、

「兄上……」

と呼びかけたが、あとの言葉を続けられなかった。ただ、兄に対して深々と頭を下げただけだった。

『万屋』におつゆの姿が見られるようになったのは、それから十日ほど経ってからだ。『万屋』が変わったのはおつゆのことだけで、あとは以前と変わらない。

帳場にはいつも敏八が座り、離れの如月源太郎は相変わらず昼間から酒を呑んでいる。そして、暮らしに困った者が『万屋』の暖簾《のれん》をくぐっていく光景も、また同じであった。

解説

小椰治宣

浅草田原町の質屋『万屋』の主人、藤十郎を主人公とする本シリーズも、七巻目の本書をもって一応の幕を引くこととなる。藤十郎は、表向きは庶民相手の質屋の主人ではあるが、特異な幕臣『大和屋』の三男という、もう一つの貌《かお》をもっている。その『大和屋』は、徳川家康が商業資本の台頭によって将来困窮するであろう武家を救済するためのセーフティネットとして作ったものであった。家康が予測した通り、武家社会は商人からの借財によって大きく蚕食されていった。武家を喰《く》いものにして肥大化する商業資本の代表、それが上方の鴻池《こうのいけ》である。

本シリーズは、江戸への進出を企《たくら》む豪商鴻池と幕臣『大和屋』との対決という構図のもとに、その骨格が形作られていたともいえる。上方まで赴いた藤十郎の活躍により、鴻池の野望を制することができたものの、『大和屋』には新たな問題が浮上してきていた。幕閣の一部から『大和屋』不要論が出ているというのだ。

『大和屋』というセーフティネットによって、武家が一時的には救済されたとしても、すぐにまた困窮し、それに頼ることになる。こうした仕組みは、武士の矜持《きょうじ》を失わせ、武士道そのものの衰退に拍車をかけている——と考えている者が幕閣にいるのだ。こうした意見をいかにして封殺するか。そのための秘策が、ある譜代大名の次男と、大和家の譜代の番頭の家柄の娘、おつゆとの縁組だった。この大名家は、『大和屋』不要論の急先鋒《きゅうせんぽう》たる大名と親しい。それを拠《よ》り所《どころ》にして、「不要論」を突き崩そうというわけである。だが、おつゆと藤十郎とは相思相愛の仲だ。藤十郎は兄の藤一郎からおつゆの説得を命じられていたが、それに反発したおつゆは姿を晦《くら》ましてしまった。『大和屋』とおつゆとの板挟みとなって苦悩する藤十郎だが、『大和屋』の危機を回避し、しかもおつゆとの愛を貫く手だてが果して見つかるのか……。

というのが、前巻までの大筋である。本巻では、こうした問題がどのような形で解決されるのか。シリーズの締めとして、そこが最大の読み所となってくる。そして、もう一つ、庶民のセーフティネットの役割も果たす『万屋』を舞台に今回はどのような物語が紡がれるのか、これもまた気になるところだ。

シリーズ最後を飾るのは、冤罪《えんざい》事件だ。作者は、代表作『絆《きずな》』や、本シリーズと並行する形で集英社文庫で書き継がれている鶴見京介弁護士シリーズでもそうだが、現代ミステリーとして数多くの冤罪事件を描いている。今回はそうした作者ならではの物語ともいえる。

事件が起きたのは、十二月十三日。この日には、江戸城大奥に始まった煤払《すすはら》いが、武家ばかりか商家にまで波及し、大掃除を行なうことが慣習化していた。大工の半吉は、池之端仲町にある木綿問屋『三河屋』に大掃除の手伝いに来ていたが、もう一軒の出入先である『相模屋』にもそのあと手伝いに行くことになっていた。その『相模屋』から使いの者が来て、早く顔を出して欲しいと言う。旦那が怒っているらしいのだ。もう少しあとで顔を出すことになっていたはずだが——と思いながら神田須田町にある『相模屋』に駆けつけると、旦那は早く来るように呼びつけた覚えはないという。しかも、『相模屋』の掃除を終えて、『三河屋』へと戻る途中、半吉の身を予期せぬ出来事が襲った。

前方から駆けてきた三十年配の目つきの鋭い男から無理やり巾着を押しつけられたのだ。数日たったら取りに行くので預かってくれと言って、男は立ち去ってしまった。その場で確かめると、巾着の中には五十両もの大金が入っていたのである。当時の大工（職人の中でも高給取り）の年収がおよそ二十五両だった（丸田勲『江戸の卵は一個四〇〇円！』光文社知恵の森文庫）ので、五十両といえば、ほぼ二年分の収入にあたる。そんな大金を懐にしたまま『三河屋』へは行けないので、自分の長屋へ帰ることにしたのだった。

ところが、翌日『三河屋』を訪れた半吉には、苛酷な運命が待っていた。主人の忠右衛門が恐ろしい形相で「ここに差しだすものがあるはず」と迫ってきた。訳が分からずにいる半吉に「明日まで待つ。正直に名乗り出るのだ」と一方的に言うばかりだ。

　実は、大掃除の最中、『三河屋』では床の間の掛け軸のうしろの隠し棚に仕舞われていた五十両が紛失するという事件が起きていた。半吉が『相模屋』からの呼び出しで慌しく『三河屋』を出ていった直後に、そのことが判明したために、半吉に嫌疑がかかった。しかも、『三河屋』の手代が半吉の留守中に長屋をこっそり調べたところ、五十両が床下に隠されていた。その五十両はもちろん、見知らぬ男から預かったものだ。だが、運の悪い偶然が重なって、状況証拠は完全に半吉を窃盗の犯人としてしまっていた。

　これまで『三河屋』の忠右衛門は、半吉の大工の腕を買って格別に目を掛けていただけに、怒りも大きい。半吉が、五十両についていくら本当のことを言っても、そんな大金を見ず知らずの者に預けるはずがないと、まったく信じてもらえない。このままでは『三河屋』への出入りが禁止となってしまう。

　一方、『万屋』の藤十郎のもとには、五十両がどうしても今日中に必要だと、武士が刀を質入れにきた。事情を訊《き》くと、主君が茶器を購入した代金五十両を相手に支払いに行く途中で掏《す》られたというのだ。その武士は、庄内藩早瀬家の真木陽一郎と名乗った。五十両を今日中に持って行かねば腹を斬るしかないと訴える真木に、藤十郎は五十両を用立てることにしたのだが、なぜ真木の懐に五十両あることを掏った男は知っていたのか。しかも、真木は同じ藩の武士二人とともに歩いていたという。三人の中からなぜ真木に狙いを定めたのか。すべては偶然だったのか。藤十郎には偶然ではなく、何者かの企図があったように思えてならない。とすれば、その目的は何か……。

藤十郎が、真木から訊いた掏摸《すり》の特徴を岡っ引きの吾平に伝えると、丹次という名前が即座に返ってきた。最近はほとんど仕事をしておらず、足を洗っていたようなのだ。その丹次がなぜ再び掏摸を働いたのか——これもまた疑問といえばいえる。丹次を裏で操る人物がいるのか。

ところで、この岡っ引きの吾平も、本シリーズの欠くべからざるキャラクターの一人である。色白ののっぺりした顔で、唇が薄く、舌が赤くて長い。話しながら、何度も舌なめずりをする。蛇のようで不気味なので、世間からは蛇蝎《だかつ》のごとく嫌われていた。『万屋』にもかつては、「ちょっと、台帳を見せてくれ」とやってきて、それを拒むと、「こっちは御用の筋で言っているんだ。それとも、おかみに逆らおうって言うのか。おもしれえ。逆らえるものなら逆らってみやがれ」とすごんでいたものだ。商売をやっていれば、どこでも多少の弱みはある。そこにつけ入って、小遣銭をゆすり取っていたのだ。ところが、あることを切掛けに藤十郎に心酔するようになり、今ではまるで忠実な家来のようだ。蝮《まむし》から忠犬へのその変貌ぶりが、藤十郎の人柄を映し出す鏡の役割を担ってもいた。

さて、濡《ぬ》れ衣《ぎぬ》を着せられた半吉には二つの選択肢があった。一つは、やってもいない盗みを認め、『三河屋』に預かった五十両をもっていき謝罪することだ。そうすれば、出入りは今までどおりに許される。もう一つは、あくまでも無実を主張し、自らの手で真犯人を見つけ出すことだが、果して自分一人の力で犯人を捜し出すことができるのか。しかも、謝罪せねば即座に出入り禁止となり、将来の道も閉ざされてしまう。だが、一度罪を認めてしまえば、生涯それはつきまとうはずだ。

ジレンマに陥った半吉は、自らを窮地に追い込んだとしても、真実を求める道を選ぶ。だがその結果、『三河屋』ばかりか、大工の棟梁からも縁を切られ、『相模屋』への出入りも禁止となってしまった。このままでは弟子をとって親方になるという夢を叶《かな》えるのは絶望的だ。この先大工としてやっていけるかどうかすら分からない。

自暴自棄になりかかった半吉を絶望の淵《ふち》から救い出してくれたのは、お新という、細面で寂しそうな眼《め》をした場末の女郎屋の女だった……。

小杉健治の描く世界には現代もの・時代ものを問わず、弱い者や虐げられている者を慈しむ視線が常に存在する。かといって、その世界が決して甘くなるわけではない。芯の強さと、凛《りん》とした清々《すがすが》しさに満ちているのである。本作では、窮地に追い込まれても、決して自らを偽るような妥協をしない半吉が、それを体現しているといえようか。その半吉の冤罪がいかにして晴らされるのかが、メインのストーリィではあるが、そこに一度足を洗ったはずの丹次が再び掏摸に手を染めることになった経緯《いきさつ》や、真木陽一郎がそもそも五十両を掏られた事情がサブストーリィとして絡み合いながら、重層的で奥の深い物語を構築していく。このあたりの面白さも、作者ならではのものである。

最後、もう一つ感心させられるのは、幕切れの鮮やかさだ。真犯人が明らかになったとき、半吉はこれまでの態度を翻して、自らがその罪を被《かぶ》ろうと決意する。藤十郎が思い付いた誰も傷つけない解決策とは……。ミステリーでいえば、最後のドンデン返しにあたりそうな結末である。結末といえば、シリーズ全体のそれはどうなったのであろうか。藤十郎とおつゆの恋の行方は……。それは読んでのお愉《たの》しみとしておこう。

本シリーズの幕はこれで降りたとはいえ、今度は『大和屋』から完全に独立した藤十郎の新たな活躍を見てみたいと思うのは、私だけではないはずだ。江戸庶民のセーフティネット『万屋』を舞台とした、新たな藤十郎シリーズも是非読んでみたいものである。

（おなぎ・はるのぶ　日本大学教授／文芸評論家）

本書は、集英社文庫のために書き下ろされた作品です。

集英社文庫

大工《だいく》と掏摸《すり》 質屋《しちや》藤十郎《とうじゅうろう》隠《かげ》御用《ごよう》 七

2018年11月25日 第1刷　　定価はカバーに表示してあります。

著　者　小杉健治《こすぎけんじ》

発行者　徳永　真

発行所　株式会社 集英社

東京都千代田区一ツ橋2-5-10　〒101-8050

電話　【編集部】03-3230-6095

【読者係】03-3230-6080

【販売部】03-3230-6393（書店専用）

印　刷　株式会社 廣済堂

製　本　株式会社 廣済堂

フォーマットデザイン　アリヤマデザインストア　　マークデザイン　居山浩二

ISBN978-4-08-745812-1 C0193